범우문고 032

B사감과 러브레타

현진건 지음

범우사

차　례

▨ 玄鎭健論

자아를 통한 현실의 고정화(固定化)

1

현진건의 작품을 통하여 나타나는 문학적 성과로는 사실주의적 경향, 단편 소설을 미학적으로 형성한 점, 그리고 서사적 자아인 '나'의 고백적 형식을 통하여 당대 현실의 사회적 모순과 갈등을 심화시켰다는 점 등을 들 수 있다.

짧은 생애에 비하면 비교적 많은 작품들을 남겼는데 발표 순으로 열거해 보면 먼저 단편과 중편으로서 〈희생화(犧牲花)〉(1920), 〈빈처(貧妻)〉(1921), 〈술 권(勸)하는 사회〉(1921), 〈타락자(墮落者)〉(1922), 〈유린〉(1922), 〈지새는 안개〉(1923), 〈할머니의 죽음〉(1923), 〈까막잡기〉(1924), 〈그립은 흘긴 눈〉(1924), 〈운수 좋은 날〉(1924), 〈불〉(1925), 〈B사감(舍監)과 러브레타〉(1925), 〈새빨간 웃음〉(1925), 〈사립 정신병원장(私立精神病院長)〉(1926), 〈신문지와 철창(鐵窓)〉(1929) 등이 있고, 장편으로는 〈적도(赤道)〉와 〈무영탑(無影塔)〉 등 여러 편이 있다.

일반적으로 빙허(憑虛)의 문학에 대해서는 두 가지의 사조적 평가가 따르고 있다.

백철은 〈자연주의 문학과 현진건〉에서 빙허를 염상섭과 함께 자연주의 문학을 대표하는 이대 지주(二大支柱)로 보고 있음에 대하여 월탄(月灘) 박종화는 "이 땅에 있어 사실주의를 대성한 이는 현진건"이라고 못박고 있다.

이처럼 한 작가에 대하여 두 가지의 상이한 사상적 평가를 내리게 된 배경은 무엇일까. 여러 방면에 걸쳐 분석할 수 있겠지만 빙허의 문학적 성숙기가 사회적으로, 문학적으로 취약(脆弱)한 배경을 갖고 있다는 점이 크게 제기될 수 있다.

다시 말해 그의 문학 데뷔기라고 할 수 있는 1920년대의 사상적 혼란과 문학관의 난립 또는 해외 문화에 대한 무절제한 이식(移植)의 결과가 빙허의 문학을 밝히는 데 여러 가지 복잡한 배경을 이룬다.

이 복잡한 배경은 그것을 육화(肉化)하는 작가의 경우만이 아니고 한 작가를 놓고 이론적 규명을 시도하는 상반된 두 견해에서도 마찬가지라 할 것이다.

어떻든 한국 문학의 근대적 체질이 이루어지는 것은 1920년대에 들어와서 본격화되며 여기에 빙허의 위치가 중요한 몫을 한다. 물론 그 이전에 단편 소설의 형태적, 구조적 가능성을 보인 김동인과 염상섭이라는 거목이 있지만 리얼리즘 소설로서의 간결성, 일관성, 통일성 등으로 생의 단면과 사회적 모순을 빙허는 완미한 연기로 보여준다. 대체적으로 그의 문학은 자기 표출(自己表出)이 농후한 편이다. 이러한 점은 서술의 시점(視點) 설정을 일인칭인 '나'로 하고 있다는 점에서 크게 어필한다. 이와 같은 '나'의 빈번한 제시와 활용은 자신의 경험 영역의 회상이나 보고와 관련되기 때문에 그만큼 주관적이기 쉽다.

이런 주관성에도 불구하고 부단히 '나'를 통하여 고통을 제시하고 '나'를 통하여 생의 단면을 관찰하기 때문에 독자는 일차적으로 '나'에 쉽게 동화되고 공감하는 자기 말소(自己抹消) 현상에 젖게 된다. 여기에는 물론 객관성이 덜하다는 결함도 따른다.

현실의 전기적 허구화보다는 자아를 통한 현실적 고정화를 재현시킴으로써 그의 소설은 대부분이 대립적 병렬 구조이다. 밝은 '나'와 어두운 '나', 불행과 행, 정신 대 물질, 가난과 넉넉함, 사회와 개인. 이러한 대립이 때로는 비극적으로도 나타나고 아이러니와도 손잡으며 희극이 되기도 한다.

그의 소설 미학의 근저가 되는 것은 바로 이와 같은 주제와 소재, 그리고 플롯의 대립적 구조인데 흔히 기대와 현실, 언술(言術)과 진위(眞僞)의 양면성, 상황과 상황의 괴리와 대립이 빚어 내는 아이러니가 그 주축이 된다. 예컨대 인격의 표리적 이중성이 대립되어 인간 존엄성에 대드는 〈B사감과 러브레타〉나 물질적인 부유와 정신적인 것의 상호 결핍적 병렬화를 그린 〈빈처〉, 상황의 급전으로 독자들의 예상을 뒤엎는 〈운수 좋은 날〉 같은 것이 모두 그러한 구조 위에서 이루어진다.

2

빙허가 21세에 발표한 데뷔작 〈희생화〉는 그 주제나 스토리 전개에서 습작 시대의 감상과 정서의 미숙성을 벗어나지 못한 졸작이지만 이듬해 《개벽》에 발표한 〈빈처〉는 그의 문학적 기량과 역량을 보이기에 충분하다. 극적인 사건의 전개를 개입시키지 않고, 정신적 가치 지향의 무명 작가와 양순하고 가난한 아내의 이야기를 담담하게 묘사하고 있다. 그러면서도 현실적으로는 물가의 오름과 월급 생활자의 비애, 그리고 주식(株式)의 이익과 물질적 가치를 따지는 경쟁적인 인물들의 생태를 잘 그려 놓음으로써 사회의 구조적 모순을 꼬집고 있다. 또 고등 실업자로서 사회 체제 밖에서 겉돌 수밖에 없는 지식인의 현실 소외의 문제를 리얼하게 다룬 자전적인 고백의 작품으로 초기의 신변 소설을 대표한다.

장인의 생일날에 모인 처형과 아내와의 대조로 이루어진 〈빈처〉는 비단옷을 입고 부티가 나는 처형과 매일 전당포나 드나드는 예술가 아내의 대비로 물질적 부유와 정신적 부유의 이원적 가치의 대립을 제기한다. 이것은 비단 잘사는 처형과 못사는 아내와의 단순한 비교가 아니라 물질과 정신의 대비를 암시하기도 한다.

같은 성격의 〈술 권하는 사회〉는 밤늦게까지 매일 술에 취해 들어오는 인텔리 남편과 그 아내의 이야기를 엮고 있는데, 이것은 일제 하 지식인들의 절망감을 나타낸 작품으로서 사회적 환경이 한 인간의 희망을 꺾고 끝내는 술주정꾼으로 만드는 장본인이 '사회'라고 자변(自辯)하는 것으로 전개된다. 이런 숨겨진 주제 의식 이외에도 이 작품은 사회 대 인간의 괴리 현상을 노출하고 있다. 즉 개인과 사회간의 불화와 갈등, 그리고 소외의 현상을 지적하고 있다.

〈타락자〉는 중편으로서 주인공이 한 기생과 애정 관계를 맺어 오다가 성병을 선물로 받고 끝난다는 줄거리로 되어 있다.

빙허는 〈타락자〉를 집필할 무렵 플로베르와 모파상의 사실법(寫實法)에 심취했던 것 같다.

이 시기의 작품들은 대부분이 작가 자신의 신변담에서 비롯된다. 작중의 인물이 일인칭인 '나'로 되었을 뿐만 아니라 그 주인공들의 행동도 작가 빙허의 실제 모습을 반영하고 있다.

그의 일인칭 초기 신변 소설을 통하여 1920년대 초라하고 절망에 허덕이던 인텔리의 자의식을 강하게 제기받는다.

③

초기의 신변 소설을 벗어나 후기에 접어들면 빙허의 세계는 더욱 심화 확대된다. 그리하여 〈할머니의 죽음〉, 〈운수 좋은 날〉, 〈불〉, 〈B사감과 러브레타〉, 〈신문지와 철창〉 등에 이르면 초기 주관적이고 서술적인 기법은 객관적, 묘사적인 방법으로 바뀐다.

〈할머니의 죽음〉은 순수 객관 소설의 형식을 빌어 노환의 할머니를 둘러싼 가족들의 심상(心像)을 묘사해 간 작품이다.

〈운수 좋은 날〉은 빙허가 즐겨 쓴 일인칭 소설의 서술 형식을 벗어난 예외적인 3인칭 작품으로 명암의 대비를 예각적(銳角的)으로 추구하여 아이러니를 유발시키는 완미한 작품이다. 동시에 대부분의 전작(前作)들이 인텔리 중심의 인물 설정인 것과는 달리 하층의 노동자를 제시했다는 점에서 주목된다.

　인력거를 끌어서 생계를 부지해 오는 김첨지는 어느 날 의외의 큰 벌이를 해서 기분이 좋다. 돌아오는 길에 친구인 치삼과 어울려 술을 마시면서 '운수가 좋은 날'이라고 홍얼대며 조금 전에 어느 여인으로부터 받은 수모감과 돈에 대한 복수심 그리고 가난에서 벗어날 수 없던 아내의 오랜 질병 등 그날이 웬지 운수가 좋은 것 같으면서도 불길한 예감이 들어 푸념을 늘어놓는다. 추적추적 내리는 비를 맞으며 아내가 먹고 싶다던 설렁탕을 사들고 집으로 오는 길이 자꾸 불길하게 느껴진다. 집에 도착했을 때는 예감 그대로 아내는 싸늘하게 식어 있고 어린애만이 젖꼭지를 빨고 있었다.

　이와 같이 전후의 명암, 또는 행과 불행의 시추에이션의 대립으로 이루어진 이 작품은 그 제목부터가 지극히 반어적(反語的)이다. 사회 제도의 모순이 개인에게 주는 위력을 반어적 관찰로 처리하면서 돈이 절대화된 사회에서 하층 계급의 비애와 좌절을 그려 준다.

　비속어(卑俗語)로 일관되는 대화와 푸념, 투박한 노동 계층의 생활 감정이 선명하게 드러나는 작품이기도 하다.

〈운수 좋은 날〉과 동형(同型)의 작품으로 〈B사감과 러브 레타〉는 인간이 지니고 있는 이중성 내지는 위선의 문제를 객관적인 3인칭의 서술 형식으로 반어적 대립과 전환을 통해 희극적으로 보여주고 있다. 지나친 과장이어서 흠이 될 만한 장면이 없는 것도 아니나 희극적 효과에서 〈B사 감과 러브레타〉만큼 성공한 예도 드물 것이다.

C여학교의 선생이자 기숙사 사감인 B여사는 딱장때요 독신주의자이며 차진 예수꾼이기도 하다. 기숙사로 오는 편지는 모두 검열할 뿐만 아니라 남학생이 찾아오는 것을 아주 싫어한다. 이렇듯 근엄한 그녀에게 내면의 변화가 일 어난다. 학생들에게 온 러브레타를 붙잡고 혼자 독백을 벌 이는 기행(奇行)이 일어난다. B사감의 변태적인 행동을 보 고 학생들은 놀란다. 이 작품의 결정적인 흠이라면 B사감 이 심리적 변화를 일으키는 동기가 약하다는 점이다.

4

그러나 빙허의 작가적 재능이 본격화된 것은 〈불〉과 〈고 향〉에 이르러서이다. 이 계열의 작품에 와서 소극적이고 수동적인 인물 성격은 능동적, 적극적, 행동적인 패턴으로 바뀐다.

〈불〉은 열 다섯 살 난 순이라는 소녀가 농촌의 봉건적

결혼 인습에 희생이 되다가 끝내는 자기 힘으로 노예적인 운명을 벗어난다는 줄거리이다. 빙허의 현실 인식이 새로와짐은 물론 문장도 세련되어 그의 절정기를 이룬다.

역사 소설의 형태를 지닌 〈고향〉은 사실주의 작가로서 빙허의 특별한 현실 의식을 보여준다. 일제의 가혹한 식민지 수탈 정책을 비판한 이 작품은 사회 고발의 성격을 더욱 뚜렷이 파고, 수탈과 착취의 상징인 동양척식(東洋拓殖)에 의한 농민의 참상을 대담하게 그리고 있다.

서울행 기차에서 '나'는 기이한 생김새의 '그'와 한자리에 앉게 된다. 그로테스크하도록 초라한 '그'의 얼굴에서 조선의 헐벗은 얼굴을 느끼게 되는데 '그'는 바로 유랑하는 실향민이었던 것이다. '내'가 '그'의 유랑의 동기와 내력을 듣는 것이 이 작품의 핵심이다. 대구 부근의 평화로운 농촌의 농민이었던 '그'는 한일합방이라는 국권의 상실로 동척(東拓)에 농토를 빼앗긴다. 역사는 개인에게 너무 비극적인 희생을 강요한다. 간도로 유랑민이 되어 떠난 '그'는 거기서 부모가 아사(餓死)하고 다시 구주 탄광을 거쳐 폐허의 고향으로 돌아온다. 무덤과 해골을 연상시키는 고향에서 '그'는 이십 원에 유곽으로 팔려 갔다가 병을 얻어 폐인으로 돌아온 옛 애인을 만나 쓰디쓴 마음으로 다시 고향을 떠난다는 줄거리로 되어 있다. 여기서 고향의 의미

와 폐인이 된 애인과 '그'는 곧 식민지 하 조국의 모습과
백성의 실태를 사실적으로 보여주고 있다.

白 承 喆(文學評論家)

불

　시집온 지 한 달 남짓한 금년에 열 다섯밖에 안 된 순이는 잠이 어릿어릿한 가운데도 숨길이 갑갑해짐을 느꼈다. 큰 바위로 내리눌리듯이 가슴이 답답하다. 바위나 같으면 싸늘한 맛이나 있으련마는, 순이의 비둘기 같은 연약한 가슴에 얹힌 것은 마치 장마 지는 여름날과 같이 눅눅하고 축축하고 무더운 데다가 천근의 무게를 더한 것 같다. 그는 복날 개와 같이 헐떡이었다. 그러자 허리와 엉치가 뻐개 내는 듯 쪼개 내는 듯 갈기갈기 찢는 것 같이, 산산이 바수는 것 같이 욱신거리고 쓰라리고 쑤시고 아파서 견딜 수 없었다. 쇠막대 같은 것이 오장 육부를 한편으로 치우며 가슴까지 치받쳐 올라 콱콱 뻗지를 때엔 순이는 입을 딱딱 벌리며 몸을 위로 추스른다……. 이렇듯 아프니 적이나하면 잠이 깨이련만 온종일 물이기, 절구질하기, 물방아 찧기, 논에 나간 일군들에게 밥나르기에 더할 수 없이 지쳤던 그는 잠을 깨려야 깰 수 없었다. 그렇다고 그가 혼수 상태에 떨어진 것은 물론 아니니, "이러다간 내가 죽겠구먼! 어서 잠을 깨야지, 잠을 깨야지” 하면서도 풀칠이나 한 듯이 죄어 붙는 눈을 뜰 수가 없었다. 흙물같이 텁텁한 잠을 물리칠 수가 없었다. 연해 입을 딱딱 벌리며 몸을 추스르다가 나중에는 지긋지긋한 고통을 억지로 참는 사람 모양으로 이까지 빠드득빠드득 갈아 부치었다……. 얼마만에야 무서운 꿈에 가위눌린 듯한 눈을 어렴풋이 뜰 수 있었다. 제 얼굴을 솥뚜껑 모양으로 덮은 남편의 얼굴을 보았다. 함지박만한 큰 상판의 검은 부분은 어두운 밤빛과 어우러졌는데 번쩍이는 눈깔의 흰자위, 침이 께 흐르는 입술, 그것이 비뚤어지게 열리며 드러난 누런 이빨만 무시무시하도록 뚜렷이 알아볼 수가 있었다. 그러자 가뜩이나 큰 얼굴이 자꾸자꾸 부어 오르더니 주악빛으로 지져 놓은 암갈색의 어깨판도 따라서 확대되어서 깍짓동만하게 되고 집채만하게 된다. 순이는 배꼽에서 솟아오르는 공포와 창자를 뒤트는 고통에 몸을 떨었다가 버르적거렸다가 하면서 염치 없는 잠에 뒷덜미를 잡히기도 하고 무서운 현실에 눈을 뜨기도 하였다.

그 고통으로부터 겨우 벗어난 때에는 유월의 단열밤[短夜]이 벌써 새었다. 사내의 어마어마한 윤곽이 방이 비좁도록 움직이자 밖으로 나간다. 들에 새벽 일하러 나감이리라. 그제야 순이도 긴 한숨을 쉬며 잠을 깰 수 있었다. 짙은 먹칠이나 한 듯하던 들창이 잿빛으로 변하며 가물가물한 가운데 노랏노랏이 삿자리의 눈이 드러난다. 웃목에 놓인 허술한 경대 위에 번들번들하는 석경이라든지 머리맡

벽에 걸려 있는 누룩장이라든지 ‘원수의 방’이 분명하다. 더구나 제 등때기 밑에는 요까지 깔려 있다. ‘이것은 어찌 된 셈인구.’ 순이는 정신을 차리며 생각해 보았다. 어젯밤에 그가 잔 데는 여기가 아닐 테다. 밤이 되면 으례 당하는 이 몹쓸 노릇을 하루라도 면하려고 저녁 설겆이를 마치자마자 아무도 몰래 헛간으로 숨었었다. 단지 둘밖에 아니 남은 볏섬을 의지삼아 빈 섬거적을 깔고 두 다리를 쭉 뻗칠 사이도 없이 고만 고달픈 잠에 떨어지고 말았었다. 그런데 어찌도 방으로 들어왔을까. 그 원수놈이 육욕에 번쩍이는 눈알을 부라리며 사면 팔방으로 찾다가 마침내 그를 발견하였으리라. 억센 팔로 어렵지 않게 자는 그를 안아다가 또 ‘원수의 방’에 갖다 놓았음이리라. 그러고는 또 원수의 그 노릇…… 이런 생각을 끝도 맺기 전에 흐리터분한 잠이 다시금 그의 사개 물러난 몸을 엄습하였다…….

집안이 떠나갈 듯한 시어머니의 소리가 일어났다.

“안 일어났니! 어서 쇠죽을 끓여야지.” 그 소리가 끝도 나기 전에 순이는 발딱 몸을 일으킨다. 한 손으로 눈을 비비며 또 한 손으로 남편이 벗겨 놓은 옷을 주섬주섬 총망히 주워 입는다. 그는 시방껏 자지 않았던가? 그 거동을 보면 자기는 새로 정신을 한껏 모으고 호령 일하를 기다리던 군사나 진배 없다. 그러리만큼 자던 잠결에도 시어미의 호령은 무서웠음이다.

총총히 마루로 나오니 아직 날은 다 밝지 않았다. 자욱한 안개를 격해서 광채를 일으킨 달이 죽은 사람의 눈깔 모양으로 희멀겋게 서쪽으로 기울고 있다.

저녁에 안쳐 놓은 쇠죽솥에 가자 불을 살랐다. 비록 여름일망정 새벽 공기는 찼다. 더우기 으스스 한기를 느끼는 순이는 번쩍하고 불붙는 모양이 좋았다. 새빨간 입술이 날름날름 집어 주는 솔가지를 삼키는 꼴을 그는 흥미있게 구경하고 있었다. 고된 하룻밤으로 말미암아 더욱 고된 순이의 하루는 또 시작되었다.

쇠죽을 다 끓이자 아침밥 지을 물을 또 아니 여올 수 없었다. 물동이를 이고 두 팔을 치켜 그 귀를 잡으니 겨드랑이로 안개 실린 공기가 싸늘싸늘하게 기어들었다. 시냇가에 나와서 물동이를 놓고 한 번 기지개를 켰다. 안개에 묻힌 올망졸망한 산과 등성이는 아직도 몽롱한 꿈길을 헤매는 듯, 엊그제 농부를 기뻐 뛰게 한 큰 비의 덕택으로 논이란 논엔 물이 질번질번한데, 흰 안개와 어우러지니 마치 수은이 엉킨 것 같고 벌써 옮겨 놓은 모들은 파릇파릇하게 졸음 오는 눈을 비비고 있다. 이런 가운데 저 혼자 깨었다는 듯이 시내는 쫄쫄 소리를 치며 흘러 간다. 과연 가까이 앉아서 들여다보니 새말간 그 얼굴은 잠 하나 없는 눈동자와 같다. 순이는 퐁 하며 바가지를 넣었다. 생채기 난 데를 메우려는 듯이 사방에서 모여든 물이 바가지 들어갔던 자리를 둥글게 에워싸며 한동안 야료를 치다가 그리 중상은 아니라고 안심한 것같이 너르게너르게 둘레를 그리며 물러 나갔다. 순이는 자꾸 물을 퍼내었다.

한 동이를 여다 놓고 또 한 동이를 이러 왔을 제 그가 벌써부터 잡으려고 애쓰던 송사리 몇 마리가 겁 없이 둥실 둥실 떠다니는 걸 보았다. 욜랑욜랑하는 그 모양이 퍽 얄미웠다. 숨소리를 죽이고 가만히 두 손을 넣어서 움키려 하였지만 고놈들은 용하게 빠져 달아나곤 한다. 몇 번을 헛애만 쓴 순이는 고만 화가 더럭 나서 이번에는 돌멩이를 주워다가 함부로 물 속의 고기를 때렸다. 제 얼굴에 옷에 물만 튀었지 고놈들은 도무지 맞지를 않았다. 짜증이 나서 울고 싶다. 돌질로 성공을 못 할 줄 안 그는 다시금 손으로 움켜 보았다. 그 중에 불행한 한 놈이 마침내 순이의 손아귀에 들고 말았다. 손 새로 물이 빠져 가자 제 목숨도 잦아 가는 것에 독살이나 내는 듯이 파득파득하는 꼴이 순이에게는 재미있었다. 얼마 안 돼서 가련한 물짐승이 죽은 듯이 지친 몸을 손바닥에 붙이고 있을 때, 잔인하게도 순이는 땅바닥에 태질을 쳤다. 아프다는 듯이 꼼지락하자 고만 작은 목숨은 사라졌건만 그래도 아니 죽었거니 순이는 손가락으로 건드려 보았다. 그래서 일순간 전에는 파득파득하고 살았던 그것이 벌써 송장이 된 것을 깨닫자 생명 하나를 없앴다는 공포심이 그의 뒷덜미를 쳤다. 그 자리에서 곧 송사리의 원혼이 날 듯싶었다. 갈팡질팡 물을 긷고 돌아서는 그는 누가 뒤에서 머리칼을 잡아당기는 듯하였다.

눈코를 못 뜨게 아침을 치르자마자 그는 또 보리를 찧어야 한다. 절구질을 하노라니 허리가 부러지는 것 같다. 무거운 절구에 끌려서 하마터면 대가리를 절구통 속에 찧을

뻔도 하였다. 팔이 떨어지는 것 같다. 그래도 그는 깽깽하며 끝까지 절구질을 아니 할 수 없었다.

또 점심이다. 부랴부랴 밥을 다 지어서는 모심기하는 일군(거기는 자기 남편도 끼었다)에게 밥을 날라야 한다. 국이며 밥을 잔뜩 담은 목판이 그의 정수리를 내리누르니 모가지가 자라의 그것같이 옴츠러지는 것은 물론이려니와 키까지 졸아든 듯하였다. 이래 가지고 떼어 놓기 어려운 발길을 옮기며 삽짝 밖을 나섰다.

새말갛게 개인 하늘엔 구름 한 점도 없고 중천에 숫은 해님이 불 같은 볕을 내리 퍼붓고 있었다. 질펀한 들에는 '흙의 아들'이 하얗게 흩어져 응석 피우듯 어머니의 기름진 젖가슴을 철벅거리며 모내기에 한창 바쁘다. 그들의 굽혔다 폈다 하는 서슬에 옷으로 다 여미지 못한 허리는 새까맣게 지져 놓은 듯하고 염치 없이 눈에까지 흘러 드는 팥죽 같은 땀을 닦노라고 얼굴은 모두 흙투성이가 되었다. 그래도 한시라도 속히 한 포기라도 많이 옮기려고 골똘한 그들은 뼈가 휘어도 괴로운 한숨 한 번 쉬지 않는다. 도리어 그들은 노래를 부른다. 가장 자유로운 곡조로 가장 신나게 노래를 부른다.

땅은 흠씬 젖은 물을 끓는 햇발에 바래이고 있다. 논두렁에 엉클어진 잡풀들은 사람의 발이 함부로 밟음에 맡기며 발이 지나가기를 기다려 고개를 쳐들고 부신 햇발에 푸른 웃음을 올리고 있다. 거기는 굳세게 힘있게 사는 생명의 기쁨이 있고 더욱더욱 삶을 충실히 하려는 든든한 노력

이 있었다. 간단히 말하면 건강이 넘치는 천지이었다. 불건강한 물건의 존재를 허락하지 않는 천지이었다.

이 강렬한 광선의 바다, 싱싱한 공기를 마시기엔 순이의 몸은 너무나 불건강하였다. 눈이 핑핑 내어 둘리며 머리가 어찔어찔하다. 온몸을 땀으로 미역 감기면서도 으쓱으쓱한 기가 들었다. 빗물이 괸 데를 건너뛰려 할 제 물 속에 잠긴 태양이 번쩍하자 그의 눈앞은 캄캄해졌다. 문득 아침에 제가 죽인 송사리란 놈이 퍼드득하고 내닫으며 방어만치나 어마어마하게 큰 몸뚱어리로 그의 가는 길을 막았다. 속으로 '악' 외마디 소리를 치며 몸을 빼쳐 달아나려고 할 제 그는 고만 무엇이 무엇인지 분간을 못 하게 되었다. 누가 저의 머리채를 잡아서 회술레를 돌리는 듯한 느낌이었다. 그럴 사이에 그는 벼락치는 소리를 들은 채 정신을 잃었다…….

한참 만에야 순이는 깨어났건만 본정신이 다 돌아오지는 않았다. 어리둥절하게 눈만 멀뚱거리고 있는 사이 점심밥을 이고 나가던 일, 너른 들에서 눈을 부시게 하던 햇발, 길을 막던 송사리 생각이 차례차례로 떠올랐다. 그러면 이고 가던 점심은 어떻게 되었는가 하면서 휘 사방을 둘러볼 겨를도 없이 그는 외마디 소리를 치며 몸을 소스라쳤다. 또다시 그 '원수의 방'에 누웠을 줄이야! 미친 듯이 마루로 뛰어나왔다. 그의 눈은 마치 귀신에게 홀린 사람 모양으로 두려움과 무서움에 휘둥그래졌다.

마당에 널어 놓은 밀을 고무래로 젓고 있는 시어머니는

뛰어나오는 며느리에게 날카로운 눈총을 던지었다. 국과 밥을 모두 못 먹게 만든 것은 그만두더라도 몇 개 아니 남은 그릇을 깨뜨린 것이 한없이 미웠으되, 까무러치기까지 한 며느리를 일어나는 맡에 나무라기는 어려웠음이리라.

"인제 정신을 차렸느냐? 왜 더 누워서 조리를 하지 방정을 떨고 나오니. 어서 방으로 들어가서 누웠으려무나."

부드러운 목소리를 짓노라고 매우 애를 쓰는 모양이다.

그래도 순이는 비실비실하는 걸음걸이로 부득부득 마당으로 내려온다.

"방에 들어가서 조리를 하래도 그래." 이번에는 어성이 조금 높아진다.

"싫어요, 싫어요, 괜찮아요." 순이는 다시 방에 들어가기가 죽기보다 싫었다.

또 고분고분히 말을 아니 듣고, 억지를 부리는군" 하다가 속에서 치받치는 미움을 걷잡지 못하겠다는 듯이, 고무래 자루를 거꾸로 들 사이도 없이 시어머니는 며느리에게로 달려들었다.

"요 방정맞은 년 같으니, 어쩌자고 그릇을 다 부수고 아실랑아실랑 나오는 건 뭐냐. 요 얌치 없는 년 같으니, 저번 장에 산 사발을 두 개나 산산조각을 만들고……" 하고 푸념을 섞어 가며 고무래 자루로 머리, 등, 다리 할 것 없이 함부로 두들기기 시작한다. 순이는 맞아도 아픈 줄을 몰랐다. 어스러지는 듯이 찌뿌드드한 몸에 툭툭하고 떨어지는 매가 도리어 괴상한 쾌감을 일으켰다.

“요런 악지 센 년 좀 보아! 어쩌면 맞아도 울지도 않고 요렇게 서 있담” 하고 또 한참 매질을 하다가 스스로 지친 듯이 고무래를 집어 던지며 “요년 보기 싫다, 어서 부엌에 가서 저녁이나 지어라.”

순이는 또 시키는 대로 부엌에 들어가서 밥을 안쳤다.

그럭저럭 하루 해는 저물어 간다. 으슥한 부엌은 벌써 저녁이나 된 듯이 어둑어둑해졌다. 무서운 밤, 지겨운 밤이 다시금 그를 향하여 시꺼먼 아가리를 벌리려 한다. 해 질 때마다 느끼는 공포심이 또다시 그를 엄습하였다. 번번이 해도 번번이 실패하는 밤, 피할 궁리로 하여 그의 좁은 가슴은 쥐어뜯기었다. 그럴 사이에 그 궁리는 나서지 않고 제 신세가 어떻게 불쌍하고 가엾은지 몰랐다. 수백 리 밖에 부모를 두고 시집을 온 일, 온 뒤로 밤마다 날마다 당하는 지긋지긋한 고생, 더구나 오늘 시어머니한테 두들겨 맞은 일이 한없이 서럽고 슬퍼서 솟아오르는 눈물을 걷잡을 수 없었다. 주먹으로 씻다가 팔까지 젖었건만 눈물은 그치지 않았다……. 그때이었다. 누가 뒤에서 그의 어깨를 흔들었다. 순이는 무심코 돌아보자마자 간이 오그라붙는 듯하였다. 낮일을 다하고 돌아왔음이리라. 그의 남편이 몸을 굽혀서 어깨 너머로 그를 들여다보고 있지 않은가. 그 볕에 그을은 험상궂은 얼굴엔 어울리지 않게 보드라운 표정과 불쌍해 하는 빛이 역력히 흘렀다. 그러나 솔개에 채인 병아리 모양으로 숨 한 번 옳게 쉬지 못하는 순이는 그런 기색을 알아볼 여유도 없었다. “왜 울어, 울지 말아,

울지 말아?”라고 꺽 쉰 목을 떨어뜨리며 위로를 하면서 그 솥뚜껑 같은 손으로 우는 순이의 눈을 씻어 주고는 나가 버린다.

남편을 본 뒤로는 더욱 견딜 수 없었다. 가슴을 지질러서 숨길을 막은 바위, 온몸을 바스러뜨리는 쇠몽둥이, 시방껏 흐르는 눈물도 간데없고 다시금 이 지긋지긋한 ‘밤 피할 궁리’에 어린 머리를 짰다. 아니 밤탓이 아니다. 온전히 그 ‘원수의 방’ 그 방만 아니면, 남편이 또한 눈물을 씻어 주고 나갈 따름이다. 그 방만 아니면 그런 고통을 주려야 줄 곳이 없을 것이다. 고 원수의 방을 없애 버릴 도리가 없을까? 입때 방을 피하려다가 뜻을 이루지 못한 순이는 인제 그 방을 없애 버릴 궁리를 하게 되었다.

밥이 보그르하고 넘었다. 순이는 솥뚜껑을 열려고 일어섰을 제 부뚜막에 얹힌 성냥이 그의 눈에 뜨이었다. 이상한 생각이 번개같이 그의 머리를 스쳐 나간다. 그는 성냥을 쥐었다. 성냥 쥔 그의 손은 가늘게 떨리었다. 그러자 사면을 한 번 돌아다 볼 겨를도 없이 그 성냥을 품속에 감추었다. 이만하면 될 일을 왜 여태껏 몰랐던가 하면서 그는 생그레 웃었다.

그날 밤에 그 집에는 난데없는 불이 건너방 뒤껼 추녀로부터 일어났다. 풍세를 얻은 불길이 삽시간에 온 지붕에 번지며 훨훨 타오를 제 그 뒷집 담 모서리에서 순이는 근래에 없이 환한 얼굴로 기뻐 못 견디겠다는 듯이 가슴을 두근거리며 모로 뛰고 세로 뛰었다……　　　　(1925 년)

할머니의 죽음

"조모주 병환 위독."

삼월 그믐날 나는 이런 전보를 받았다. 이는 ××에 있는 생가(生家)에서 놓은 것이니 물론 생가 할머니의 병환이 위독하단 말이다. 병환이 위독은 하다 해도 기실 모나게 무슨 병이 있는 게 아니다. 벌써 여든 둘이나 넘은 그 할머니는 작년 봄부터 시름시름 기운이 쇠진해서 가끔 가물가물하기 때문에 그동안 자손들로 하여금 한두 번 아니게 바쁜 걸음을 치게 하였다.

그 할머니의 오 년 맏인 양조모(養祖母)는 갑자기 울기 시작하였다.

"아이고…… 이승에서는 다시 못 보겠다. 동서라도 의로 말하면 친형제나 다름이 없었다……. 육십 년을 하루같이 어디 뜻 한 번 거슬러 보았을까……."

연해 연방 이런 넋두리를 섞어 가며 양조모는 울었다. 운다 하여도 눈 가장자리가 붉어지고 목소리가 떨릴 뿐이었다. 워낙 연만(年滿)한 그는 제법 울음답게 울 근력조차 없었다.

“그래도 그 할머니는 팔자가 좋으시다. 자손이 는 듯하고…… . 아이고.”

끝으로 이런 말을 하며 울음이 한숨으로 변하였다. 자기가 너무 수(壽)한 까닭으로 외동자들을 앞세워 원이 되고 한이 되어 노상 자기의 생을 저주하는 그는 아들이 둘(본래 셋이더니 그 중에 중부〔仲父〕가 일찌기 돌아갔다), 직손자가 여덟이나 되는 그 할머니를 언제든지 부러워하였다.

“지금 돌아가시면 호상(好喪)이지. 아드님이 백발이 허연데…… .”

라고, 양모(養母)도 맞방망이를 치며 눈을 멍하게 뜬다.

나도 과연 그렇기도 하겠다 싶었다.

나는 그날 ×차로 ××를 향하고 떠났다.

새로 석 점이 지나 기차를 내린 나는 벌써 돌아가시지나 않았나고 염려를 마지않으며 캄캄한 좁은 골목을 돌아들어 생가(生家)의 삽짝〔柴扉〕 가까이 다다를 제 곡성이 나는 듯하여 마음이 조마조마하였다. 하건마는 다행히 그 불길한 소리는 들리지 않았다. 삽짝은 빠끔히 열려 있었다.

마당에 들어서니 추녀 끝에 달린 그을음 앉은 괘등(掛燈)이 간 반밖에 아니 되는 마루와 좁직한 뜰을 쓸쓸하게 비치고 있었다. 우물 둑과 장독간의 사이에 위는 거적으로 덮고 양가는 삿자리로 두른 울막을 보고 나는 가슴이 덜컥하고 내려앉았다. 상청이 아닌가…… .

그러나 나의 어림의 짐작은 틀리었다. 마루에 올라선 내가 안방 아랫방에서 뛰어나온 잠 못 잔 피로한 얼굴들에게 이끌리어 할머니의 거처하는 단간 건넌방으로 들어가니 할머니는 깔아진 듯이 아랫목에 누웠으되 오히려 숨은 붙어 있었다. 그 앞에 앉은 나를 생선의 그것 같은 흐릿한 눈자위로 의아롭게 바라본다.

"얘가 누구입니까? 어머니, 얘가 누구입니까?"

예안(禮安) 이씨로, 예절 알기와 효성 있기로 집안 중에 유명한 중모(仲母)는 나를 가리키며 병자의 귀에 대고 부르짖었다.

"몰라……."

환자는 담이 그르렁그르렁하면서 귀찮은 듯이 대꾸하였다.

"제가 누구입니까, 할머니!"

나는 그 검버섯이 어롱어롱한 뼈만 남은 손을 만지며 물어 보았다. 나의 소리는 떨리었다.

"저를 모르시겠읍니까? 제가 ○○이 아닙니까?"

"응, 네가 ○○이냐……."

우는 듯이 이런 말을 하고 그윽하나마 내가 잡은 손에 힘을 주는 듯하였다. 그 개개 풀린 눈동자 가운데도 반기는 빛이 역력(歷歷)히 움직였다.

할머니의 병환이 어젯밤에는 매우 위중해서 모두 밤새움을 한 일, 누구누구 자손을 찾던 일, 그 중에 내 이름도 부르던 일, 지금은 한결 돌린 듯…… 온갖 것을 중모는 나에게 알으켜 주었다.

나는 그날 밤을 누울락앉을락, 깰락졸락 할머니 곁에서 밝혔다. 모였던 자손들이 제각기 돌아간 뒤에도 중모(仲母)만은 할머니 곁을 떠나지 않았다. 불교의 독신자인 그는 잠 오는 눈을 비비기도 하고 기침으로 목청을 가다듬기도 하면서 밤새도록 염불을 그치지 않았다. 그 소리는 적적한 새벽녘에 해로가(薤露歌)와 같이 처량히 들렸다. 나는 새삼스럽게 그 효성의 지극함과 그 정성의 놀라움에 탄복하였다.

아침 저녁으로 각지에 흩어져 있는 자손들이 모여들기 시작하였다. 방이라야 단지 셋밖에 없는데, 안방은 어머니, 형수들이 점령하고 뜰 아랫방 하나 있는 것은 아버지, 삼촌, 당숙들에게 빼앗긴 우리 젊은이 패——사, 육촌 형제들은 밤이 되어도 단 한 시간을 눈 붙일 곳이 없었다. 이웃 집과 누누이 교섭한 끝에 방 한 간을 빌어서 번차례로 조금씩 쉬기로 하였다. 이 짧은 휴식이나마 곰비임비 교란되었나니, 그것은 십 분들이로 집에서 불러들이는 까닭이다. 아버지와 삼촌네들의 큰 심부름 잔심부름도 적지 않았지만 할머니 곁에 혼자 앉은 중모의 꾸준한 명령일 때가 많았다. 더우기 밤새 한 시에나 두 시에나 간신히 잠을 들어 꿀보다 더 단잠이 온몸에 나른하게 퍼진 새벽녘에 우리는 끄들리어 일어나는 수밖에 없었다.

“할머님 병환이 이렇듯 위중하신데 너희는 태평치고 잠을 잔단 말이냐.”

우리가 건넌방에 들어서면 그는 다짜고짜로 야단을 쳤다. 그 중에도 가장 나이 어리고 만만한 내가 이 꾸중받이가 되었다. 인정 사정 없는 그의 태도가 불쾌는 하였지만 도덕적 우월을 빼앗긴 우리는 대꾸 한마디 할 수 없었다.

"다들 뭐란 말이냐. 나는 한 달이나 밤을 새웠다. 며칠이나 된다고."

졸음 오는 눈을 비비는 우리를 보고 그는 자랑스럽게 또 이런 꾸중도 하였다.

'놀라운 효성을 부리는 게 도무지 우리 야단칠 밑천을 장만하는 게로구나.'

나는 속으로 꿀꺽꿀꺽하며 이런 생각을 하였다.

한번은 또 그의 명령으로 우리는 건넌방에 모여들었다. 그 방문은 열어 젖히었는데 문지방 위에 할머니의 지팡이가 놓이고 그 밑에 또 신으시던 신이 놓여 있었다. 방 안 할머니의 머리맡에는 다라니(陀羅尼)가 걸려 있다.

'할머니가 운명하시나 보다!'

우리는 번개같이 이런 생각을 하며 할머니 곁으로 다가들었다. 그는 담을 그르렁거리며 흔흔히 누워 있었다. 중모는 흐르는 눈물을 걷잡지 못하며 그의 귀에 들이대고 울음 소리로 아미타불과 지장보살을 구슬프게 부르짖고 있었다.

한동한 엄숙한 긴장이 여기 있었다. 모두 같은 일을 기대하면서.

십 분! 이십 분! 환자의 신상에는 아무 별증이 나타나지 않았다.

"아마, 잠이 드신 모양입니다."

이윽고 아버지가 이 끝장난 침묵을 깨뜨렸다. 그리고 중모를 향하여,

"잠 주무시게시리 염불을 고만 뫼십시오."

하고, 나가 버렸다. 그 뒤를 따라 빽빽하게 들어섰던 자손들이 하나씩 둘씩 헤어졌다.

그래도 눈물을 섞어 가며 염불을 말지 않던 중모가 얼마 뒤에 제물에 부처님 찾기를 그치었다. 그리고 끝끝내 남아 있던 나에게 할머니가 중부가 왔다고 하던 일, 자기를 데리러 교군이 왔다던 일, 중모의 손을 비틀며 어서 가자고 야단을 치던 일을 이야기하였다. 그러다가 숨구멍에서 무엇이 꿀꺽하더니 그만 저렇게 정신을 잃으신 것을 설명해 들기었다.

그날 저녁때에 할머니는 여상히 깨어나셨다. 이런 일이 한두 번이 아니었다. 몇 번이나 신과 지팡이가 놓였다 치였다, 다라니가 벽에 걸리었다 떼였다 하였다. 그러는 동안에 자손의 얼굴은 자꾸자꾸 축이 나 갔었다. 말하기는 안 되었지만 모두 불언 중에 할머니의 목숨이 하루바삐 끝장나기를 기다리고 있었다. 관조차 맞추어서 칠까지 먹여 놓았다. 내가 처음 오던 날 상청(喪廳)이 아닌가고 놀래던 그 울막도 이 관을 놓아 두려는 의짓간이었다.

그러하건만 할머니는 연해 한 모양으로 그물그물하다가

또 정신을 차리었다. 아니 정신이 돌아오는 때가 도리어 많아 간다. 자기 앞에 들어서는 자손들을 거의 틀림없이 알아맞혔다.

그리고 가끔 몸부림을 치면서 일으켜 달라고 야단을 쳤다. 이럴 때에 중모는 거북스럽게도 염불을 모시었다.

"어머니 어머니, 가만히 계셔요. 가만히 계셔요."

그는 몸부림하는 할머니를 제지하면서 이렇게 타일렀다.

"저를 따라 염불을 뫼셔요. 나무아미타불, 나무아미타불."

"나 일어날란다."

"에그, 왜 그리셔요. 가만히 계셔요, 제발 덕분에, 나무아미타불, 나무아미타불……."

"나무아미타불, 나무아미타불."

할머니는 마지못하여 중모를 따라 두어 번 입술을 달싹달싹하더니 또 얼굴을 찡그리며 애원하는 어조로,

"이제 그만 뫼시고 날 좀 일으켜 다고. 내 인제 고만 가련다."

"인제 가세요! 가만히 누워 계시지요. 왜 일어나시긴? 나무아미타불…… 왕생극락…… 나무아미타불……."

할머니는 귀찮아 못 견디겠다는 듯이 팔을 내어저으며,

"듣기 싫다. 염불 소리 듣기 싫다! 인제 고만해라."

하며 몸을 일으키려고 애를 쓴다.

"그게 무슨 말씀입니까?"

중모는 질색을 하며 더욱 비장하게 부처님을 찾았다.

"듣기 싫다! 듣기 싫어. 나는 고만 갈 테야."

할머니는 또 이렇게 재우쳤다.

나는 이 광경을 보고 적이 의외의 감이 있었다── 할머니는 중모보다 못하지 않은 불교의 독신자이다. 몇십 년을 하루같이 새벽마다 만수향을 켜 놓고 염불 모시기를 잊지 않은 어른이다. 정신이 혼혼된 뒤에도 염주(念珠) 담은 상자와 만수향만은 일일이 아랑곳하던 어른이다.

"……하루에도 만수향을 세 갑 네 갑 켜시겠지. 금방 사다 드리면 세 개씩 네 개씩 당장 다 켜 버리시고 또 안 사온다고 꾸중이시구나……."

작년 가을 내가 귀성하였을 제 계모가 웃으며 할머니의 노망 이야기를 하는 가운데 만수향 켜는 것을 그 하나로 헤아렸다.

그러하던 할머니가 왜 지금 와서 염불을 듣기 싫다는가? 그다지 할머니는 일어나고 싶으신가? 죽어 가면서도 일어나려는 이 본능 앞에는 모든 것이 권위를 잃은 것인가?

"저렇게 일어나시랴니 좀 일으켜 드리지요."

나는 보다 못해 이런 말을 하였다.

"안 된다, 일으켜 드릴 수가 없다. 하도 저러시길래 한 번 일으켜 드렸더니 어떻게 아파하시는지 차마 뵈올 수가 없었다."

"어째 그래요?"

나는 이렇게 반문하였다. 이 반문에 대한 중모의 설명은 더욱 놀랄 것이었다.

할머니가 작년 봄부터 맑은 정신을 잃은 결과에 늙은이가 어린애 된다고, 뒤를 가리지 않게 되었다. 게다가 이 두어 달 전부터 물을 자꾸 청해 잡수시고 옷에고 요바닥에 함부로 뒤를 보았다. 그것을 얼른 빨아 드리지 못한 때문에 제물에 뭉켜지고 말라 붙은 데다가 뜨거운 불목에 데이어 궁둥이 언저리가 모두 벗겨졌다. 그러므로 일어나려면 그곳이 땅기고 배기어 아파하는 것이라 한다.

이 말을 들은 나는 할머니를 모로 누이고 그 상처를 보았다. 그 자리는 손바닥 넓이만치나 빨갛게 단 쇠로 지진 듯이 시커멓게 벗겨졌는데 그 위에는 하얀 테가 징그럽게 끼었고 그 가장자리는 독기를 품고 아른아른히 부르터 올라 있었다. 나는 차마 더 볼 수가 없었다. 이것이 무슨 일인가! 양조모(養祖母), 양모(養母)가 부러워하던 는 듯한 자손은 다 무엇을 하고 우리 할머니를 이 지경이 되게 하였는가? 왜 자주 옷을 갈아입혀 드리며 빨아 드리지 못하였는가? 이 직접 책임자인 계모가 더할 수 없이 괘씸하였다.

그러나 가만히 생각해 보면 그를 그르다고도 할 수 없다. 위에도 말하였거니와 할머니가 이리된 지는 하루 이틀이 아니다. 벌써 몇 달이 되었다. 이 긴 시일에 제 아무리 효부(孝婦)라 한들 하루도 몇 번 흘리는 뒤를 그때 족족 빨아 낼 수 없으리라. 더구나 밤에 그런 것이야, 일일이 알 수도 없으리라. 하물며 계모는 시집오던 첫날부터 골머리를 앓을이만큼 큰 병객이다. 병명은 의원을 따라 혹은 변두머리라고도 하고 혹은 뇌진이라고도 하고 혹은 선천부족(先天不足)이라고도 하였지마는 하나도 고쳐 주지는 못하였다. 삼십이 될락말락하건만 육십이나 칠십이 다 된 노인 모양으로 주야 장천 자리 보전하고 누워 있는 터이다. 제 몸이 괴로우니 모든 것이 싫은 것이다. 그리고 나까지 아우르면 아버지 슬하에 아들만 넷이나 되건마는 지금 육십 노경에 받드는 어느 아들, 어느 며느리 하나이 없다. 집안이 넉넉지 못한 탓으로 사방에 흩어져서 제입 풀칠하기에 눈코를 못 뜨는 형편이다.

이 책임을 누구에게 돌릴까? 나는 알 수가 없었다. 쓴 물만 입 안에 돌 뿐이다.

그 후에 또 이런 일이 있었다. 어느 때 내가 할머니 곁에 갔을 적이었다. 할머니는 그 뼈만 남은 손으로 나의 손을 만지고 있었다.

"○○아, ○○아."

할머니는 문득 나를 불렀다.

"인제는 다시 못 보겠다. 인제는 다시 못 보겠다."

"왜 그런 말씀을 하십니까?"

"인제 내가 안 죽니, 그런데 너, 내 청 하나 들어주겠니?"

"네? 무슨 말씀입니까?"

"나, 나 좀 일으켜 다고."

　나는 눈물이 날 듯이 감동하였다. 어찌 차마 이 청을 떼칠 건가. 나는 다짜고짜로 두 손을 할머니 어깨 밑으로 넣으려 하였다. 이것을 본 중모는 깜짝 놀라며 나를 말렸다.
　“애, 네가 왜 또 그러니, 일으켜 드리면 아파하신대두 그 애가 그러네.”
　“그때 약을 사다 드렸으니 그 자리가 이제는 아물었겠지요.”
　나는 데었단 말을 듣던 그날 약 사다 드린 것을 생각하고 이런 말을 하였다.
　“아니야, 아직 다 낫지 않았어. 오늘 아침에도 일으켜 드렸더니 몹시 아파하시더라.”
　나는 주춤하였다. 할머니의 앓는 것이 애처로왔음이다.
　“어머니! 어머니! 가만히 누워 계셔요. 네? 일어나시면 아프십니다.”
　중모는 또 자상히 타이르듯 말하였다. 할머니는 물끄러미 나와 중모를 번갈아 보시더니 단념한 듯이 눈을 감았다. 한참 앉아 있다가 나는 몸을 일으켰다. 이때에 할머니가 눈을 번쩍 뜨며 문득,
　“어데를 가?”
라고 물었다. 나는 주춤 발길을 멈추었다.
　할머니는 퀭한 눈으로 이윽히 나를 쳐다보더니 무엇을 잡을 듯이 손을 내저으며 우는 듯한 소리로,
　“서방님! 제발 나를 좀 일으켜 주십시오. 서방님, 제발 나를 좀 일으켜 주십시오.”

라고 부르짖었다.

“에그머니! 그게 무슨 말씀입니까? 그 애가 ○○이 아
닙니까? 서방님이 무엇이야요?”

중모는 바싹 할머니에게 다가 들며 애처롭게 알으켜 드
렸다. 이때 마침 할머니가 잡수실 배〔梨〕즙을 가지고 들
어오던 둘째 형수가 무슨 구경거리나 생긴 듯이 안방을 향
하고 외쳤다.

“에그, 할머니 좀 보아요! 서울 아우님더러 서방님!
서방님! 하십니다.”

이 외침을 듣고 자부(子婦)들은 모여들었다. 그들의 눈
은 호기심에 번쩍이고 있었다. 나는 또 할머니의 청을 물
리칠 수는 없었다. 그것이 어떠한 나쁜 영향을 초치(招致)
할지라도 아니 일으켜 드릴 수 없었다.

그러나 할머니는 요바닥 위로 반 자를 떠나지 못하여,
“아야야…….”
라고, 외마디 소리를 쳤다. 나는 얼른 들어 올리던 손을
뺄 수밖에 없었다.

다시금 눕기 싫어하던 요 위에 누운 뒤에도 할머니는 앓
기를 마지않았다. 적지 아니한 꾸중을 모시었다.

이윽고 조금 진정이 되더니만 또 팔을 내저으며 기를 쓰
고 가슴에 덮은 이불 자락을 자꾸자꾸 밀어 내리었다. 감
기가 들까 염려하는 중모는 그것을 꾸준히 도로 집어 올
렸다.

할머니는 손을 내어밀더니 이번에는 내 조끼 단추를 붙

잡아 당기었다.

"왜, 이러 하십니까, 단추를 빼란 말씀입니까?"

할머니는 고개를 끄덕이었다. 끄덕였다 하여도 끄덕이려는 의사를 보였을 뿐이었다. 나는 단추 한 개를 빼었다. 그래도 할머니는 자꾸 조끼의 단추와 씨름을 마지아니하였다. 나는 단추를 낱낱이 빼는 수밖에 없었다. 그리고 나니 그는 또 옷고름과 실랑이를 시작하였다.

"옷고름을 끄를까요?"

"응!"

나는 또 옷고름을 끌렀다. 끄른 뒤엔 할머니는 또 소매를 잡아당기었다.

"왜 이리 하셔요?"

"버, 벗어라, 답답치 않니."

여기저기서 물어 멈추려고 애쓰는 웃음이 키키 하였다.

나는 경멸과 모욕의 시선을 그들에게 던졌다. 자기가 얼마나 답답하고 갑갑하길래 남의 단추 끼운 것과 옷고름 맨 것과 저고리 입은 것조차 답답해 보일 것이랴! 여기는 쓰디쓴 눈물과 살을 저미는 슬픔이 있어야 하겠거늘, 이 기막힌 광경을 조소로 맞아야 옳을까?

나는 곧 그들에게 침이라도 뱉고 싶었다. 하되 나의 마음을 냉정하게 살펴본즉 슬프다! 나에게는 그들을 모욕할 권리가 없었다. 형수들 앞에서 앞가슴을 풀어 젖히라는 할머니가 민망스럽기도 하고 딱하기도 하였다. 환자를 가엾다고 생각하면서도 나의 속 어디인지 웃음이 움직인 것은 부정할 수 없는 사실이었다. 더구나 내가 젊은이 패가 모인 이웃집 방에 들어갔을 제 무슨 재미스러운 일이나 보고 온 사람 모양으로 득의 양양히 이 이야기를 하고서 허리를 분질렀다……

거기에서 할머니의 병세에 대하여 의논이 분분하였다. 그들은 하나도 한가한 이가 없었다. 혹은 변호사, 혹은 은행원, 혹은 회사원으로 다 무한년하고 있을 수 없는 형편이었다.

"나는 암만 해도 내일은 좀 가보아야 되겠는데. 나는 그 전보를 보고 벌써 돌아가신 줄 알았어. 올 때에 친구들이 북포(北布)니 뭐니 부의(賻儀)를 주길래 아직 돌아가시지도 않았는데 이게 웬일이냐 하니까, 그 사람들 말이, 돌아가셔도 자손들에게 그렇게 전보를 놓느니, 하데 그려. 그래 모두 받아 왔는데, 허허허……"

그 중에 제일 연장자로 쾌활하고 말 잘하는 백형(伯兄)은 웃음 섞어 이런 말을 하고 있었다.

"암만 해도 오늘 내일 돌아가실 것 같지는 않은데…… 이거 큰일났는걸, 가는 수도 없고……"

"따는 곧 돌아가실 것 같지는 않아……"

은행원으로 있는 육촌은 이렇게 맞방망이를 쳤다.

"의사를 불러서 진단을 해보는 것이 어떨까요?"

부산 방직 회사에 다니는 사촌이 이런 제의를 하였다.

"옳지, 참 그래 보아야 되겠군."

아버지께 이 사연을 아뢰었다.

"시방 그물그물하시지 않나, 그러면 하여간 의원을 좀 불러올까."

의원은 아버지와 절친한 김주부(金主簿)를 청해 오기로 하였다.

갓을 쓴 그 의원은 얼마 아니 되어 미륵 같은 몸뚱이를 환자 방에 나타내었다. 매우 정신을 모으는 듯이 눈을 내리감고 한나절이나 진맥을 하더니 고개를 절레절레 흔들며 물러앉는다.

"매우 말씀하기 안되었소마는 아마 오늘밤이 아니면 내일은 못 넘길 것 같소."

매우 말하기 어려운 듯이, 기실 조금도 말하기 어렵지 않은 듯이, 그 의원은 최후의 판결을 언도하였다.

"글쎄, 그래 워낙 노쇠하셔서 오래 부지를 하실 수 없지……."

그러면 그렇지 하는 얼굴로 아버지는 맞방망이를 쳤다.

가려던 자손은 또 붙잡히었다. 그러나 할머니는 그날 저녁부터 한결 돌리었다. 가끔 잡수실 것을 찾기도 하였다. 잡숫는 건 고작해야 배즙, 국물에 만 한 술도 안 되는 진지였다. 죽과 미음은 입에 대기도 싫어하였다. 그리고 전일에 발라 드린 양약의 효험이 나서 상처가 아물었던지 자부와 손부에게 부축되어 꽤 오래 일어나 앉게도 되었다.

그 이튿날이 무사히 지나가자 한의(漢醫)의 무지를 비소(誹笑)하고, 다른 것은 몰라도 환자의 수명이 어느 때까지 계속될 시간 아는 데 들어서는 양의(洋醫)가 나으리라는 우리 젊은 패의 주장에 의하여 ××의원 원장으로 있는 지바 의학사〔千葉 醫學士〕를 불러오게 되었다.

그는 진찰한 결과에 다른 증세만 겹치지 않으면 이삼 주일은 무려(無慮)하리라 하였다.

"그래, 그저 그럴 거야, 아직 괜찮으신데 백주에 서둘고 야단을 했지."

하고, 일이 바쁜 백형(伯兄)은 그날 밤으로 떠나갔다.

그 이튿날 아침이었다.

우리가 집에 돌아오니까 할머니 곁을 떠난 적 없는 중모가 마당에서 한가롭게 할머니의 뒤 흘린 바지를 빨고 있다가 웃는 낯으로 우리를 맞으며,

"할머님이 오늘 아침에는 혼자 일어나셨다. 시방 진지를 잡수시고 계시다. 어서 들어가 뵈와라."

나는 뛰어 들어갔다. 자부와 손부의 신기해 여기는 시선을 받으면서 할머니는 정말 진지를 잡숫고 있었다.

나는 빙글빙글 웃으며,

"할머니 어떻게 일어나셨읍니까?"

할머니는 합죽한 입을 오물오물하여 막 떠넣은 밥알갱이를 삼키고,

"내가 혼자 일어났지, 어떻게 일어나긴. 흉악한 놈들, 암만 일으켜 달라니 어데 일으켜 주어야지, 인제 나 혼자라도 일어난다."

하며, 자랑스럽게 대답하였다.

"어제 의원이 왔지요. 인제 할머니 곧 나으신대요."

“정말 낫겠다고 하든, 응?”

하고, 검버섯 핀 주름을 밀며 흔연(欣然)한 웃음의 그림자가 오래간만에 그의 볼을 스쳤다. 나의 눈엔 어쩐지 눈물이 핑 돌았다.

그날 밤차로 모였던 자손들은 제각기 흩어졌다. 나도 그날 밤에 서울로 올라왔다.

어느 아름다운 봄날이었다……. 말갛게 개인 하늘은 구름 한 점도 없고 아른아른한 아지랭이가 그 하늘거리는 깁오리로 봄비단을 짜내는 어느 아름다운 봄날이었다. 나는 깨끗하게 춘복(春服)을 차리고 친구 몇몇과 우이동 앵화(櫻花) 구경을 막 나가려던 때이었다. 이때에 뜻 아니한 전보 한 장이 닥치었다.

“오전 3시 조모주 별세.”   (1923년)

운수 좋은 날

새침하게 흐린 품이 올 듯하던 눈은 아니 오고 얼다가 만 비가 추적추적 내리었다.

이날이야말로 동소문 안에서 인력거군 노릇을 하는 김 첨지에게는 오래간만에도 닥친 운수 좋은 날이었다. 문안에(거기도 문밖은 아니지만) 들어간답시는 앞집 마나님을 전찻길까지 모셔다 드린 것을 비롯으로 행여나 손님이 있을까 하고 정류장에서 어정어정하며 내리는 사람 하나하나에게 거의 비는 듯한 눈결을 보내고 있다가 마침내 교원인 듯한 양복장이를 동광학교(東光學校)까지 태워다 주기로 되었다.

첫번에 삼십 전, 둘째 번에 오십 전——아침 댓바람에 그리 흉치 않은 일이었다. 그야말로 재수가 옴붙어서 근 열흘 동안 돈 구경도 못 한 김첨지는 십 전짜리 백통화 서 푼, 또는 다섯 푼이 찰깍하고 손바닥에 떨어질 제 거의 눈물을 흘릴 만큼 기뻤었다. 더구나 이날 이때에 이 팔십 전이라는 돈이 그에게 얼마나 유용한지 몰랐다. 컬컬한 목에

모주 한 잔도 적실 수 있거니와 그보다도 앓는 아내에게 설렁탕 한 그릇도 사다 줄 수 있음이다.

그의 아내가 기침으로 쿨룩거리기는 벌써 달포가 넘었다. 조밥도 굶기를 먹다시피 하는 형편이니 물론 약 한 첩 써본 일이 없다. 구태여 쓰려면 못 쓸 바도 아니로되 그는 병이란 놈에게 약을 주어 보내면 재미를 붙여서 자꾸 온다는 자기의 신조(信條)에 어디까지 충실하였다. 따라서 의사에게 보인 적이 없으니 무슨 병인지는 알 수 없으되 반듯이 누워 가지고 일어나기는새로에 모로도 못 눕는 걸 보면 중증은 중증인 듯. 병이 이대도록 심해지기는 열흘 전에 조밥을 먹고 체한 때문이다. 그때도 김첨지가 오래간만에 돈을 얻어서 좁쌀 한 되와 십 전짜리 나무 한 단을 사다 주었더니 김첨지의 말에 의지하면 그 오라질 년이 천방 지축(天方地軸)으로 남비에 대고 끓였다. 마음은 급하고 불길은 달지 않아 채 익지도 않은 것을 그 오라질 년이 숟가락은 그만두고 손으로 움켜서 두 빰에 주먹덩이 같은 혹이 불거지도록 누가 빼앗을 듯이 처박질하더니만 그날 저녁부터 가슴이 땅긴다, 배가 켕긴다고 눈을 홉뜨고 지랄병을 하였다. 그때 김첨지는 열화와 같이 성을 내며,

"에이, 오라질 년, 조랑복은 할 수가 없어, 못 먹어 병, 먹어서 병, 어쩌란 말이야! 왜 눈을 바루 뜨지 못해!"

하고 김첨지는 앓는 이의 빰을 한 번 후려갈겼다. 홉뜬 눈은 바루어졌건만 이슬이 맺히었다. 김첨지의 눈시울도 뜨근뜨근하였다.

　　이 환자가 그러고도 먹는 데는 물리지 않았다. 사흘 전부터 설렁탕 국물이 마시고 싶다고 남편을 졸랐다.

　　"이런 오라질 년! 조밥도 못 먹는 년이 설렁탕은, 또 처먹고 지랄병을 하게."

라고 야단을 쳐 보았건만, 못 사주는 마음이 시원치는 않았다.

　　인제 설렁탕을 사줄 수도 있다. 앓는 어미 곁에서 배고파 보채는 개똥이(세 살먹이)에게 죽을 사줄 수도 있다──팔십 전을 손에 쥔 김첨지의 마음은 푼푼하였다.

　　그러나 그의 행운은 그걸로 그치지 않았다. 땀과 빗물이 섞여 흐르는 목덜미를 기름주머니가 다 된 광목 수건으로 닦으며, 그 학교 문을 돌아 나올 때였다. 뒤에서 "인력거!" 하고 부르는 소리가 난다. 자기를 불러 멈춘 사람이 그 학교 학생인 줄 김첨지는 한번 보고 짐작할 수 있었다. 그 학생은 다짜고짜로,

　　"남대문 정거장까지 얼마요."

라고 물었다. 아마도 그 학교 기숙사에 있는 이로 동기 방학을 이용하여 귀향하려 함이리라. 오늘 가기로 작정은 하였건만 비는 오고 짐은 있고 해서 어찌할 줄 모르다가 마침 김첨지를 보고 뛰어나왔음이리라. 그렇지 않으면 왜 구두를 채 신지 못해서 질질 끌고, 비록 고꾸라 양복일망정 노박이로 비를 맞으며 김첨지를 뒤쫓아 나왔으랴.

　　"남대문 정거장까지 말씀입니까?"

하고, 김첨지는 잠깐 주저하였다. 그는 이 우중에 우장도

없이 그 먼 곳을 철벅거리고 가기가 싫었음일까? 처음
것, 둘째 것으로 고만 만족하였음일까? 아니다, 결코 아
니다. 이상하게도 꼬리를 맞물고 덤비는 이 행운 앞에 조
금 겁이 났음이다. 그리고 집을 나올 제 아내의 부탁이 마
음에 켕기었다── 앞집 마나님한테서 부르러 왔을 제 병
인은 그 뼈만 남은 얼굴에 유일의 생물 같은 유달리 크고
움푹한 눈에 애걸하는 빛을 띠우며,
　"오늘은 나가지 말아요. 제발 덕분에 집에 붙어 있어요.
내가 이렇게 아픈데……."
라고, 모깃소리같이 중얼거리고 숨을 걸그렁걸그렁하
였다. 그때에 김첨지는 대수롭지 않은 듯이,
　"아따, 젠장 맞을 년, 별 빌어먹을 소리를 다하네. 맞
붙들고 앉았으면 누가 먹여 살릴 줄 알아?"
하고, 훌쩍 뛰어나오니까 환자는 붙잡을 듯이 팔을 내저
으며,
　"나가지 말라도 그래, 그러면 일찌기 들어와요."
하고, 목메인 소리가 뒤를 따랐다──.
　정거장까지 가잔 말을 들은 순간에 경련적으로 떠는 손,
유달리 큼직한 눈, 울 듯한 아내의 얼굴이 김첨지의 눈앞
에 어른어른하였다.
　"그래 남대문 정거장까지 얼마란 말이오?"
하고 학생은 초조한 듯이 인력거군의 얼굴을 바라보며 혼
잣말같이,
　"인천 차가 열 한 점에 있고, 그 다음에는 새로 두 점이

든가."
라고 중얼거린다.

"일 원 오십 전만 줍시오."

이 말이 저도 모를 사이에 불쑥 김첨지의 입에서 떨어졌다. 제 입으로 부르고도 스스로 그 엄청난 돈 액수에 놀랐다. 한꺼번에 이런 금액을 불러라도 본 지가 그 얼마 만인가? 그러자 그 돈 벌 용기가 병자에 대한 염려를 사르고 말았다. 설마 오늘 내로 어떠랴 싶었다. 무슨 일이 있더라도 제일 제이의 행운을 곱친 것보다도 오히려 갑절이 많은 이 행운을 놓칠 수 없다 하였다.

"일 원 오십 전은 너무 과한데."

이런 말을 하며 학생은 고개만 기웃하였다.

"아니올시다. 잇수로 치면 여기서 거기가 시오리가 넘는답니다. 또 이런 진날엔 좀더 주셔야지요."
하고 빙글빙글 웃는 차부의 얼굴에는 숨길 수 없는 기쁨이 넘쳐흘렀다.

"그러면 달라는 대로 줄 터이니 빨리 가요."

관대한 어린 손님은 그런 말을 남기고 총총히 옷도 입고 짐도 챙기러 갈 데로 갔다.

그 학생을 태우고 나선 김첨지의 다리는 이상하게 거뿐하였다. 달음질을 한다느니보다 거의 나는 듯하였다. 바퀴도 어떻게 속히 도는지 군다느니보다 마치 얼음을 지쳐 나가는 스케이트 모양으로 미끄러져 가는 듯하였다. 언 땅에 비가 내려 미끄럽기도 하였지만.

이윽고 끄는 이의 다리는 무거워졌다. 자기 집 가까이 다다른 까닭이다. 새삼스러운 염려가 그의 가슴을 눌렀다. "오늘은 나가지 말아요. 내가 이렇게 아픈데!" 이런 말이 잉잉 그의 귀에 울렸다. 그리고 병자의 움쑥 들어간 눈이 원망하는 듯이 자기를 노리는 듯하였다. 그러자 엉엉하고 우는 개똥이의 곡성을 들은 듯싶다. 딸국딸국하고 숨 모으는 소리도 나는 듯싶다.

"왜 이러우, 기차 놓치겠구먼."

하고 탄 이의 초조한 부르짖음이 간신히 그의 귀에 들어왔다. 언뜻 깨달으니 김첨지는 인력거채를 쥔 채 길 한복판에 엉거주춤 멈춰 있지 않은가.

"예, 예."

하고, 김첨지는 또다시 달음질하였다. 집이 차차 멀어 갈수록 김첨지의 걸음에는 다시금 신이 나기 시작하였다. 다리를 재게 놀려야만 쉴 새 없이 자기의 머리에 떠오르는 근심과 걱정을 잊을 듯이.

정거장까지 끌어다 주고 그 깜짝 놀란 일 원 오십 전을 제 손에 쥠에, 제 말마따나 십 리나 되는 길을 비를 맞아 가며 질떡거리고 온 생각은 아니하고, 거저나 얻은 듯이 고마웠다. 졸부나 된 듯이 기뻤다. 제 자식뻘밖에 안 되는 어린 손님에게 몇 번 허리를 굽히며,

"안녕히 다녀옵시오."

라고 깍듯이 재우쳤다.

그러나 빈 인력거를 털털거리며 이 우중에 돌아갈 일이

꿈 밖이었다. 노동으로 하여 흐른 땀이 식어지자 굶주린 창자에서, 물 흐르는 옷에서 어슬어슬 한기가 솟아나기 비롯하매 일 원 오십 전이란 돈이 얼마나 괜찮고 괴로운 것인 줄 절절히 느끼었다. 정거장을 떠나는 그의 발길은 힘 하나 없었다. 온몸이 옹송그려지며 당장 그 자리에 엎어져 못 일어날 것 같았다.

 "젠장 맞을 것! 이 비를 맞으며 빈 인력거를 털털거리고 돌아를 간담. 이런 빌어먹을, 제 할미를 붙을 비가 왜 남의 상판을 딱딱 때려!"

 그는 몹시 화증을 내며 누구에게 반항이나 하는 듯이 게걸거렸다. 그럴 즈음에 그의 머리엔 또 새로운 광명이 비쳤나니 그것은 '이러구 갈 게 아니라 이 근처를 빙빙 돌며 차 오기를 기다리면 또 손님을 태우게 될는지도 몰라'란 생각이었다. 오늘 운수가 괴상하게도 좋으니까 그런 요행이 또 한 번 없으리라고 누가 보증하랴. 꼬리를 굴리는 행운이 꼭 자기를 기다리고 있다고 내기를 해도 좋을 만한 믿음을 얻게 되었다. 그렇다고 정거장 인력거군의 등살이 무서우니 정거장 앞에 섰을 수는 없었다. 그래 그는 이전에도 여러 번 해본 일이라 바로 정거장 앞 전차 정류장에서 조금 떨어지게, 사람 다니는 길과 전찻길 틈에 인력거를 세워 놓고 자기는 그 근처를 빙빙 돌며 형세를 관망하기로 하였다. 얼마 만에 기차는 왔고 수십 명이나 되는 손이 정류장으로 쏟아져 나왔다. 그 중에서 손님을 물색하는 김첨지의 눈엔 양머리에 뒤축 높은 구두를 신고 망토까지 두른 기생 퇴물인 듯, 난봉 여학생인 듯한 여편네의 모양이 띄었다. 그는 슬근슬근 그 여자의 곁으로 다가 들었다.

“아씨, 인력거 아니 타시랍시오?”

그 여학생인지 뭔지가 한참은 매우 태깔을 빼며 입술을 꼭 다문 채 김첨지를 거들떠보지도 않았다. 김첨지는 구걸하는 거지나 무엇같이 연해 연방 그의 기색을 살피며,

“아씨, 정거장 애들보담 아주 싸게 모셔다 드리겠읍니다. 댁이 어디신가요?”

하고, 추근추근하게도 그 여자의 들고 있는 일본식 버들고리짝에 제 손을 대었다.

“왜 이래, 남 귀치 않게.”

소리를 벽력같이 지르고는 돌아선다. 김첨지는 어렵시요 하고 물러섰다.

전차는 왔다. 김첨지는 원망스럽게 전차 타는 이를 노리고 있었다. 그러나 그의 예감은 틀리지 않았다. 전차가 빡빡하게 사람을 싣고 움직이기 시작하였을 제 타고 남은 손 하나이 있었다. 굉장하게 큰 가방을 들고 있는 걸 보면 아마 붐비는 차 안에 짐이 크다 하여 차장에게 밀려 내려온 눈치였다. 김첨지는 대어 섰다.

“인력거를 타시랍시오.”

한동안 값으로 실랑이를 하다가 육십 전에 인사동까지 태워다 주기로 하였다. 인력거가 무거워지매 그의 몸은 이상하게도 가벼워졌고 그리고 또 인력거가 가벼워지니 몸은 다시금 무거워졌건만 이번에는 마음조차 초조해 온다.

집의 광경이 자꾸 눈앞에 어른거리어 인제 요행을 바랄 여유도 없었다. 나무 등걸이나 무엇 같고 제것 같기도 않은 다리를 연해 꾸짖으며 질팡갈팡 뛰는 수밖에 없었다. 저놈의 인력거군이 저렇게 술이 취해 가지고 이 진땅에 어찌 가노,라고 길 가는 사람이 걱정을 할이만큼 그의 걸음은 황급하였다. 흐리고 비오는 하늘은 어둠침침하게 벌써 황혼에 가까운 듯하다. 창경원 앞까지 다다라서야 그는 턱에 닿은 숨을 돌리고 걸음도 늦추 잡았다. 한 걸음 두 걸음 집이 가까와 올수록 그의 마음조차 괴상하게 누그러졌다. 그런데 이 누그러짐은 안심에서 오는 게 아니요, 자기를 덮친 무서운 불행을 빈틈 없이 알게 될 때가 박두한 것을 두리는 마음에서 오는 것이다. 그는 불행에 다닥치기 전 시간을 얼마쯤이라도 늘이려고 버르적거렸다. 기적에 가까운 벌이를 하였다는 기쁨을 할 수 있으면 오래 지니고 싶었다. 그는 두리번두리번 사면을 살피었다. 그 모양은 마치 자기 집——곧 불행을 향하고 달아 가는 제 다리를 제 힘으로는 도저히 어찌할 수 없으니 누구든지 나를 좀 잡아다고, 구해다고 하는 듯하였다.

그럴 즈음에 마침 길가 선술집에서 그의 친구 치삼이가 나온다. 그의 우글우글 살찐 얼굴에 주홍이 돋는 듯, 온 턱과 뺨을 시커멓게 구레나룻이 덮였거늘, 노르텡텡한 얼굴이 바짝 말라서 여기저기 고랑이 패고 수염도 있대야 턱 밑에만 마치 솔잎 송이를 거꾸로 붙여 놓은 듯한 김첨지의 풍채하고는 기이한 대상을 짓고 있었다.

“여보게 김첨지, 자네 문안 들어갔다 오는 모양일세그려, 돈 많이 벌었을 테니 한잔 빨리게.”

뚱뚱보는 말라깽이를 보던 맡에 부르짖었다. 그 목소리는 몸짓과 딴판으로 연하고 싹싹하였다. 김첨지는 이 친구를 만난 게 어떻게 반가운지 몰랐다. 자기를 살려 준 은인이나 무엇같이 고맙기도 하였다.

“자네는 벌써 한잔 한 모양일세그려. 자네도 오늘 재미가 좋아보이.”

하고 김첨지는 얼굴을 펴서 웃었다.

“아따, 재미 안 좋다고 술 못 먹을 낸가. 그런데 여보게, 자네 왼몸이 어째 물독에 빠진 새앙쥐 같은가? 어서 이리 들어와 말리게.”

선술집은 훈훈하고 뜨뜻하였다. 추어탕을 끓이는 솥뚜껑을 열 적마다 뭉게뭉게 떠오르는 흰 김, 석쇠에서 뻐지짓뻐지짓 구워지는 너비아니구이며 저육이며 간이며 콩팥이며 북어며 빈대떡……. 이 너저분하게 늘어놓인 안주 탁자에 김첨지는 갑자기 속이 쓰려서 견딜 수 없었다. 마음대로 할 양이면 거기 있는 모든 먹음 먹이를 모조리 깡그리 집어삼켜도 시원치 않았다. 하되 배고픈 이는 위선 분량 많은 빈대떡 두 개를 쪼기로 하고 추어탕을 한 그릇 청하였다. 주린 창자는 음식 맛을 보더니 더욱더욱 비어지며 자꾸자꾸 들이라들이라 하였다. 순식간에 두부와 미꾸리든 국 한 그릇을 그냥 물같이 들이켜고 말았다. 세째 그릇을 받아 들었을 제 데우던 막걸리 곱배기 두 잔이 더웠다.

치삼이와 같이 마시자 원원이 비었던 속이라 찌르르하고 창자에 퍼지며 얼굴이 화끈거렸다. 눌러 곱배기 한 잔을 또 마셨다.

김첨지의 눈은 벌써 개개풀리기 시작하였다. 석쇠에 얹힌 떡 두 개를 숭덩숭덩 썰어서 볼을 불룩거리며 또 곱배기 두 잔을 부어라 하였다.

치삼은 의아한 듯이 김첨지를 보며,

"여보게 또 붓다니, 벌써 우리가 넉 잔씩 먹었네, 돈이 사십 전일세."

"아따 이놈아, 사십 전이 그리 끔찍하냐? 오늘 내가 돈을 막 벌었어. 참 오늘 운수가 좋았느니."

"그래 얼마를 벌었단 말인가?"

"삼십 원을 벌었어. 삼십 원을! 이런 젠장 맞을 술을 왜 안 부어……. 괜찮다 괜찮다, 막 먹어도 상관이 없어. 오늘 돈 산더미같이 벌었는데."

"어, 이 사람 취했군. 그만두세."

"이놈아, 이걸 먹고 취할 내냐, 어서 더 먹어."
하고는 치삼의 귀를 잡아채며 취한 이는 부르짖었다. 그리고 술을 붓는 열 다섯 살 됨직한 중대가리에게로 달려들어,

"이놈, 오라질 놈, 왜 술을 붓지 않어."
라고 야단을 쳤다. 중대가리는 희희 웃고 치삼을 보며 문의하는 듯이 눈짓을 하였다. 주정군이 이 눈치를 알아보고 화를 버럭 내며,

"에미를 붙을 이 오라질 놈들 같으니, 이놈 내가 돈이
없을 줄 알고."
하자마자 허리춤을 훔칫훔칫하더니 일 원짜리 한 장을
꺼내어 중대가리 앞에 펄쩍 집어 던졌다. 그 사품에 몇 푼
은전이 잘그랑하며 떨어진다.
"여보게 돈 떨어졌네, 왜 돈을 막 끼얹나."
이런 말을 하며 일변 돈을 줍는다. 김첨지는 취한 중에
도 돈의 거처를 살피는 듯이 눈을 크게 떠서 땅을 내려다
보다가 불시에 제 하는 짓이 너무 더럽다는 듯이 고개를
소스라치자 더욱 성을 내며,
"봐라, 봐! 이 더러운 놈들아, 내가 돈이 없나, 다리
뼉다구를 꺾어 놓을 놈들 같으니."
하고 치삼의 주워 주는 돈을 받아,
"이 원수엣 돈! 이 육시를 할 돈!"
하면서 팔매질을 친다. 벽에 맞아 떨어진 돈은 다시 술 끓
이는 양푼에 떨어지며 정당한 매를 맞는다는 듯이 쨍하고
울었다.
곱배기 두 잔은 또 부어질 겨를도 없이 말려 가고 말
았다. 김첨지는 입술과 수염에 붙은 술을 빨아들이고 나서
매우 만족한 듯이 그 솔잎 송이 수염을 쓰다듬으며,
"또 부어, 또 부어."
라고 외쳤다.
또 한 잔 먹고 나서 김첨지는 치삼의 어깨를 치며 문득
껄껄 웃는다. 그 웃음 소리가 어떻게 컸는지 술집에 있는

이의 눈은 모두 김첨지에게로 몰리었다. 웃는 이는 더욱 웃으며,

"여보게 치삼이, 내 우스운 이야기 하나 할까. 오늘 손을 태고 정거장에까지 가지 않았겠나."

"그래서."

"갔다가 그저 오기가 안됐데그려, 그래 전차 정류장에서 어름어름하며 손님 하나를 태울 궁리를 하지 않았나. 거기 마침 마나님이신지 여학생님이신지 —— 요새야 어디 논다니와 아가씨를 구별할 수가 있던가 —— 만토를 잡수시고 비를 맞고 서 있겠지. 슬근슬근 가까이 가서 인력거 타시랍시오 하고 손가방을 받으랴니까 내 손을 탁 뿌리치고 홱 돌아서더니만 '왜 남을 이렇게 귀찮게 굴어!' 그 소리야말로 꾀꼬리 소리지, 허허!"

김첨지는 교묘하게도 정말 꾀꼬리 같은 소리를 내었다. 모든 사람은 일시에 웃었다.

"빌어먹을 깍쟁이 같은 년, 누가 저를 어쩌나, '왜 남을 귀찮게 굴어!' 어이구, 소리가 처신도 없지, 허허."

웃음 소리들은 높아졌다. 그러나 그 웃음 소리들이 사라지기 전에 김첨지는 훌쩍훌쩍 울기 시작하였다.

치삼은 어이없이 주정뱅이를 바라보며,

"금방 웃고 지랄을 하더니 우는 건 또 무슨 일인가?"

김첨지는 연해 코를 들이마시며,

"우리 마누라가 죽었다네."

"뭐, 마누라가 죽다니, 언제?"

“이놈아 언제는. 오늘이지.”

“에끼 미친 놈, 거짓말 말아.”

“거짓말은 왜, 참말로 죽었어, 참말로……. 마누라 시체를 집에 뼈들쳐 놓고 내가 술을 먹다니, 내가 죽일 놈이야, 죽일 놈이야.”

하고 김첨지는 엉엉 소리를 내어 운다.

치삼은 흥이 조금 깨어지는 얼굴로,

“원 이 사람이, 참말을 하나 거짓말을 하나. 그러면 집으로 가세, 가.”

하고 우는 이의 팔을 잡아당기었다.

치삼의 끄는 손을 뿌리치더니 김첨지는 눈물이 글썽글썽한 눈으로 싱그레 웃는다.

“죽기는 누가 죽어.”

하고 득의가 양양,

“죽기는 왜 죽어, 생때같이 살아만 있단다. 그 오라질 년이 밥을 죽이지. 인제 나한테 속았다.”

하고 어린애 모양으로 손뼉을 치며 웃는다.

“이 사람이 정말 미쳤단 말인가. 나도 아주먼네가 앓는단 말은 들었었는데.”

하고, 치삼이도 어느 불안을 느끼는 듯이 김첨지에게 또 돌아가라고 권하였다.

“안 죽었어. 안 죽었대도 그래.”

김첨지는 화증을 내며 확신 있게 소리를 질렀으되 그 소리엔 안 죽은 것을 믿으려고 애쓰는 가락이 있었다. 기어이 일 원어치를 채워서 곱배기 한 잔씩 더 먹고 나왔다. 궂은비는 의연히 추적추적 내린다.

김첨지는 취중에도 설렁탕을 사 가지고 집에 다다랐다. 집이라 해도 물론 셋집이요 또 집 전체를 세든 게 아니라 안과 뚝 떨어진 행랑방 한 간을 빌어 든 것인데 물을 길어 대고 한 달에 일 원씩 내는 터이다. 만일 김첨지가 주기를 띠지 않았던들 한 발을 대문에 들여놓았을 제 그곳을 지배하는 무시무시한 경적——폭풍우가 지나간 뒤의 바다 같은 정적에 다리가 떨렸으리라. 쿨룩거리는 기침 소리도 들을 수 없다. 그르렁거리는 숨소리조차 들을 수 없다. 다만 이 무덤 같은 침묵을 깨뜨리는——깨뜨린다느니보다 한층 더 침묵을 깊게 하고 불길하게 하는 빡빡하는 그윽한 소리, 어린애의 젖 빠는 소리가 날 뿐이다. 만일 청각이 예민한 이 같으면 그 빡빡 소리는 빨 따름이요, 꿀떡꿀떡하고 젖 넘어가는 소리가 없으니 빈 젖을 빤다는 것도 짐작할는지 모르리라.

혹은 김첨지도 이 불길한 침묵을 짐작했는지도 모른다. 그렇지 않으면 대문에 들어서자마자 전에 없이,

"이 난장 맞을 년, 남편이 들어오는데 나와 보지도 않아, 이 오라질 년."

이라고 고함을 친 게 수상하다. 이 고함이야말로 제 몸을 엄습해 오는 무시무시한 증을 쫓아 버리려는 허장 성세인 까닭이다.

하여간 김첨지는 방 문을 왈칵 열었다. 구역을 나게 하

는 추기―― 떨어진 삿자리 밑에서 나온 먼지내, 빨지 않
은 기저귀에서 나는 똥내와 오줌내, 가지각색 때가 켜켜이
앉은 옷내, 병인의 땀 썩는 내가 섞인 추기가 무딘 김첨지
의 코를 찔렀다.

　방 안에 들어서며 설렁탕을 한구석에 놓을 사이도 없이
주정군은 목청을 있는 대로 다 내어 호통을 쳤다.

　"이런 오라질 년, 주야 장천 누워만 있으면 제일이야!
남편이 와도 일어나지를 못해."
라는 소리와 함께 발길로 누운 이의 다리를 몹시 찼다. 그
러나 발길에 채이는 건 사람의 살이 아니고 나무등걸과 같
은 느낌이 있었다. 이때 빽빽 소리가 응아 소리로 변하
였다. 개똥이가 물었던 젖을 빼어 놓고 운다. 운대도 온
얼굴을 찡그려 부쳐서 운다는 표정을 할 뿐이다. 응아 소
리도 입에서 나는 게 아니고 마치 뱃속에서 나는 듯하
였다. 울다가울다가 목도 잠겼고 또 울 기운조차 시진(澌
盡)한 것 같다.

　발로 차도 그 보람이 없는 걸 보자 남편은 아내의 머리
맡으로 달려들어 그야말로 까치집 같은 환자의 머리를 꺼
들어 흔들며,

　"이년아, 말을 해, 말을! 입이 붙었어, 이 오라질
년!"

　"……."

　"으응, 이것 봐, 아무 말이 없네."

　"……."

"이년아, 죽었단 말이냐, 왜 말이 없어."

"……."

"으응, 또 대답이 없네, 정말 죽었나버이."

이러다가 누운 이의 흰자위를 덮은, 위로 치뜬 눈을 알아보자마자,

"이 눈깔! 이 눈깔! 왜 나를 바라보지 못하고 천정만 보느냐, 응."

하는 말 끝엔 목이 메었다. 그러자 산 사람의 눈에서 떨어진 닭의 똥 같은 눈물이 죽은 이의 뻣뻣한 얼굴을 어룽어룽 적시었다. 문득 김첨지는 미칠 듯이 제 얼굴을 죽은 이의 얼굴에 한데 비비며 중얼거렸다.

"설렁탕을 사다 놓았는데 왜 먹지를 못하니, 왜 먹지를 못하니……. 괴상하게도 오늘은! 운수가 좋더니만……."

(1924 년)

B사감과 러브레타

C여학교에서 교원 겸 기숙사 사감 노릇을 하는 B여사라면 딱장대와 독신주의자요 차진 야소군으로 유명하다. 사십에 가까운 노처녀인 그는 주근깨투성이 얼굴이 처녀다운 맛이란 약에 쓰려도 찾을 수 없을 뿐인가, 시들고 거칠고 마르고 누렇게 뜬 품이 곰팡 슨 굴비를 생각나게 한다.

여러 겹 주름이 잡힌 훨렁 벗겨진 이마라든지, 숱이 적어서 법대로 쪽찌거나 틀어 올리지를 못하고 엉성하게 그냥 빗겨 넘긴 머리꼬리가 뒤통수에 염소똥만하게 붙은 것이라든지, 벌써 늙어 가는 자취를 감출 길이 없었다. 뾰족한 입을 앙다물고 돋보기 너머로 쌀쌀한 눈이 노릴 때엔 기숙생들이 오싹하고 몸서리를 칠이만큼 그는 엄격하고 매서웠다.

이 B여사가 질겁을 하다시피 싫어하고 미워하는 것은 소위 러브레타였다. 여학교 기숙사라면 으레 그런 편지가 많이 오는 것이지만, 학교로도 유명하고 또 아름다운 여학생이 많은 탓인지 모르되 하루에도 몇 장씩 죽느니 사느니

하는 사랑타령이 날아 들어왔었다. 기숙생에게 오는 사신을 일일이 검토하는 터이니까 그 따위 편지도 물론 B여사의 손에 떨어진다. 달짝지근한 사연을 보는 족족 그는 더할 수 없이 흥분되어서 얼굴이 붉으락푸르락, 편지 든 손이 발발 떨리도록 성을 낸다.

아무 까닭 없이 그런 편지를 받은 학생이야말로 큰 재변이었다. 하학하기가 무섭게 그 학생은 사감실로 불리워 간다. 분해서 못 견디겠다는 사람 모양으로 쌔근쌔근하며 방 안을 왔다갔다하던 그는, 들어오는 학생을 잡아먹을 듯 노리면서 한 걸음 두 걸음 코가 맞닿일 만큼 바짝 다가들어서서 딱 마주 선다. 웬 영문인지 알지 못하면서도 선생의 기색을 살피고 겁부터 집어먹고 학생은 한동안 어쩔 줄 모르다가 간신히 모기만한 소리로,

"저를 부르셨어요?" 하고 묻는다.

"그래, 불렀다. 왜!"

팍 무는 듯이 한마디 하고 나서 매우 못마땅한 것처럼 교의를 우당퉁탕 당겨서 철썩 주저앉았다가 학생이 그저 서 있는 걸 보면,

"장승이냐? 왜 앉지를 못해!"

하고 또 소리를 빽 지르는 법이었다.

스승과 제자는 조그마한 책상 하나를 새에 두고 마주 앉는다. 앉은 뒤에도,

'네 죄상을 네가 알지!' 하는 것처럼 아무 말 없이 눈살로 쏘기만 하다가 한참 만에야 그 편지를 끄집어내어 학

생의 코앞에 동당이를 치며,

“이건 누구한테 오는 거냐?”

하고 문초를 시작한다. 앞 장에 제 이름이 쓰였는지라,

“저한테 온 것이야요” 하고 대답 않을 수 없다. 그러면 발신인 누구인 것을 채쳐 묻는다. 그런 편지의 항용으로 발신인의 성명이 똑똑치 않기 때문에 주저주저하다가 자세히 알 수 없다고 내대일 양이면,

“너한테 오는 것을 네가 모른단 말이냐?”

고 불호령을 내린 뒤에도 또 사연을 읽어 보라 하여 무심한 학생이 나직나직하나마 꿀 같은 구절을 입술에 올리면, B여사의 역정은 더욱 심해져서 어느 놈의 소위인 것을 기어이 알려 한다. 기실 보도 듣도 못 한 남성이 한 노릇이요, 자기에게는 아무 죄도 없는 것을 변명하여도 곧이 듣지를 않는다. 바른대로 아뢰어야망정이지 그렇지 않으면 퇴학을 시킨다는 둥 제 이름도 모르는 여자에게 편지할 리가 만무하다는 둥, 필연 행실이 부정한 일이 있으리라는 둥……

하다 못해 어디서 한 번 만나기라도 하였을 테니 어찌해서 남자와 접촉을 하게 되었느냐는 둥, 자칫 잘못하여 학교에서 주최한 음악회나 바자에서 혹 보았는지 모른다고 졸리다 못해 주워댈 것 같으면 사내의 보는 눈이 어떻더냐, 표정이 어떻더냐, 무슨 말을 건네더냐 미주알고주알 캐고 파며 어르고 볶아서 넉넉히 십년 감수는 시킨다.

두 시간이 넘도록 문초를 한 끝에는 사내란 믿지 못할

것, 우리 여성을 잡아먹으려는 마귀인 것, 연애 자유이니 신성이니 하는 것도 모두 악마가 지어 낸 소리인 것을 입에 침이 없이 열을 띠어서 한참 설법을 하다가 닦지도 않은 방바닥(침대를 쓰기 때문에 방이라 해도 마루 바닥이다)에 그대로 무릎을 꿇고 기도를 올린다. 눈에 눈물까지 글썽거리면서 말 끝마다 하나님 아버지를 찾아서 악마의 유혹에 떨어지려는 어린 양을 구해 달라고 되샑고 곱샑는 법이었다.

그리고 둘째로 그의 싫어하는 것은 기숙생을 남자가 면회하러 오는 일이었다.

무슨 핑계를 하든지 기어이 못 보게 하고 만다. 친부모, 친동기간이라도 규칙이 어떠니 상학 중이니 무슨 핑계를 하든지 따돌려 보내기가 일쑤다.

이로 말미암아 학생이 동맹 휴학을 하였고 교장의 설유까지 들었건만 그래도 그 버릇은 고치려 들지 않았다.

이 B사감이 감독하는 그 기숙사에 금년 가을 들어서 괴상한 일이 '생겼다'느니보다 '발각되었다'는 것이 마땅할는지 모르리라. 왜 그런고 하면 그 괴상한 일이 언제 '시작된' 것은 귀신밖에 모르니까.

그것은 다른 일이 아니라 밤이 깊어서 새로 한 점이 되어 모든 기숙생들이 달고 곤한 잠에 떨어졌을 제 난데없는 깔깔대는 웃음과 속살속살하는 낱말이 새어 흐르는 일이었다. 하룻밤이 아니고 이틀 밤이 아닌 다음에야 그런 소리가 잠귀 밝은 기숙생의 귀에 들리기도 하였지만 잠결이라 뒷동산에 구르는 마른 잎의 노래로나, 달빛에 날개를 번뜩이며 울고 가는 기러기의 소리로나 흘려 들었다. 그렇지 않으면 도깨비의 장난이나 아닌가 하여 무시무시한 증이 들어서 동무를 깨웠다가 좀처럼 동무는 깨지 않고 제 생각이 너무나 어림없고 어이없음을 깨달으면, 밤소리 멀리 들린다고 학교 이웃집에서 이야기를 하거나 또 딴 방에 자는 제 동무들의 잠꼬대로만 여겨서 스스로 안심하고 그대로 자 버리기도 하였다. 그러나 이 수수께끼가 풀릴 때는 왔다. 이때 공교롭게 한방에 자던 학생 셋이 한꺼번에 잠을 깨었다. 첫째 처녀가 소변을 보러 일어났다가 그 소리를 듣고 둘째 처녀와 세째 처녀를 깨우고 만 것이다.

"저 소리를 들어 보아요. 아닌 밤중에 저게 무슨 소리야?"

하고 첫째 처녀는 휘둥그래진 눈에 무서워하는 빛을 띤다.

"어젯밤에 나도 저 소리에 놀랬었어. 도깨비가 났단 말인가?"

하고 둘째 처녀도 잠 오는 눈을 비비며 수상해 한다. 그 중에 제일 나이 많을 뿐더러(많았자 열 여덟밖에 아니 되지만) 장난 잘 치고 짓궂은 짓 잘하기로 유명한 세째 처녀는 동무 말을 못 믿겠다는 듯이 이윽고 귀를 기울이다가,

"딴은 수상한걸. 나도 언젠가 한 번 들어 본 법도 하구먼. 무얼 잠 아니 오는 애들이 이야기를 하는 게지."

이때에 그 괴상한 소리는 땍대굴 웃었다. 세 처녀는 귀를 소스라쳤다. 적적한 밤 가운데 다른 파동 없는 공기는

그 수상한 말마디가 곁에서나 나는 듯이 또렷또렷이 전해 주었다.

“오! 태훈 씨! 그러면 작히 좋을까요.”

간드러진 여자의 목소리다.

“경숙 씨가 좋으시다면 내야 얼마나 기쁘겠읍니까? 아아, 오직 경숙 씨에게 바친 나의 타는 듯한 가슴을 인제야 아셨읍니까?”

정열에 뜬 사내의 목청이 분명하다.

한동안 침묵…….

“인제 고만 놓아요. 키쓰가 너무 길지 않아요? 행여 남이 보면 어떡해요?”

아양 떠는 여자 말씨.

“길수록 더욱 좋지 않아요? 나는 내 목숨이 끊어질 때까지 키쓰를 하여도 길다고는 못 하겠읍니다. 그래도 짧은 것을 한하겠읍니다.”

사내의 피를 뿜는 듯한 이 말 끝은 계집의 자지러진 웃음으로 묻혀 버렸다.

그것은 묻지 않아도 사랑에 겨운 남녀의 허물어진 수작이다. 감금이 지독한 이 기숙사에 이런 일이 생길 줄이야! 세 처녀는 얼굴을 마주 보았다. 그들의 얼굴은 놀랍고 무서운 빛이 없지 않았으되 점점 호기심에 번쩍이기 시작하였다. 그들의 머리 속에는 한결같이 로맨틱한 생각이 떠올랐다. 이 안에 있는 여자 애인을 보려고 학교 근처를 뒤돌고 곱돌던 사내 애인이 타는 듯한 가슴을 걷잡다 못

하여 밤이 이슥하기를 기다려 담을 뛰어넘었는지 모르리라.

모든 불이 다 꺼지고 오직 밝은 달빛이 은가루처럼 서리인 창문이 소리 없이 열리며 여자 애인이 흰 수건을 흔들어 사내 애인을 부른지도 모르리라.

활동 사진에 보는 것처럼 기나긴 피륙을 내리워서 하나는 위에서 당기고 하나는 밑에서 매달려 디룽디룽하면서 올라가는 정경이 있었는지 모르리라.

그래서 두 애인은 만나 가지고 저와 같은 사랑의 속삭거림에 잦아졌는지 모르리라…….

꿈결 같은 감정이 안개 모양으로 눈부시게 세 처녀의 몸과 마음을 휩싸 돌았다.

그들의 뺨은 후끈후끈 달았다.

괴상한 소리는 또 일어났다.

“난 싫어요. 당신 같은 사내는 난 싫어요.”

이번에는 매몰스럽게 내어대는 모양.

“나의 천사, 나의 하늘, 나의 여왕, 나의 목숨, 나의 사랑, 나를 살려 주어요. 나를 구해 주어요.”

사내의 애를 졸이는 간청…….

“우리 구경 가볼까?”

짓궂은 세째 처녀는 몸을 일으키며 이런 제의를 하였다. 다른 처녀들도 그 말에 찬성한다는 듯이 따라 일어섰으되 의아와 공구와 호기심이 뒤섞인 얼굴을 서로 교환하면서 얼마쯤 망설이다가 마침내 가만히 문을 열고 나왔다. 쌀벌

레 같은 그들의 발가락은 가장 조심성 많게 소리나는 곳을 향해서 곰실곰실 기어 간다. 컴컴한 복도에 자다가 일어난 세 처녀의 흰 모양은 그림자처럼 소리 없이 움직였다.

소리나는 방은 어렵지 않게 찾을 수 있었다. 찾고는 나무로 깎아 세운 듯이 주춤 걸음을 멈출 만큼 그들은 놀랐다. 그런 소리의 출처야말로 자기네 방에서 몇 걸음 안 되는 사감실인 줄이야! 그렇듯이 사내라면 못 먹어 하고 침이라도 배앝을 듯하던 B여사의 방일 줄이야! 그 방에 여전히 사내의 비대발괄하는 푸념이 되풀이되고 있다…….

나의 천사, 나의 하늘, 나의 여왕, 나의 목숨, 나의 사랑, 나의 애를 말려 죽이실 테요. 나의 가슴을 뜯어 죽이실 테요. 내 생명을 맡으신 당신의 입술로…….

세째 처녀는 대담스럽게 그 방문을 빠끔히 열었다. 그 틈으로 여섯 눈이 방 안을 향해 쏘았다. 이 어쩐 기괴한 광경이냐! 전등불은 아직 끄지 않았는데 침대 위에는 기숙생에게 온 소위 러브레타의 봉투가 너저분하게 흩어졌고, 그 알맹이도 여기저기 두서없이 펼쳐진 가운데 B여사 혼자──아무도 없이 저 혼자 일어나 앉았다. 누구를 끌어당길 듯이 두 팔을 벌리고 안경을 벗은 근시안으로 잔뜩 한 곳을 노리며 그 굴비쪽 같은 얼굴에 말할 수 없이 애원하는 표정을 짓고는 키스를 기다리는 것같이 입을 쭝긋이 내어민 채 사내의 목청을 내어 가면서 아까 말을 중얼거린다. 그러다가 그 넋두리가 끝날 겨를도 없이 급작스레 앵돌아지는 시늉을 내며 누구를 뿌리치는 듯이 연해 손짓

을 하며 이번에는 툭툭 쏘는 계집의 음성을 지어,

"난 싫어요. 당신 같은 사내는 난 싫어요."

하다가 제물에 자지러지게 웃는다. 그러더니 문득 편지 한 장(물론 기숙생에게 온 러브레타의 하나)을 집어 들어 얼굴에 문지르며,

"정말씀이야요? 나를 그렇게 사랑하셔요? 당신의 목숨같이 나를 사랑하셔요? 나를 이 나를" 하고 몸을 추스르는데 그 음성은 분명히 울음의 가락을 띠었다.

"에그머니, 저게 웬일이야!"

첫째 처녀가 소곤거렸다.

"아마 미쳤나 보아, 밤중에 혼자 일어나서 왜 저러구 있을꾸."

둘째 처녀가 맞방망이를 친다…….

"에그 불쌍해!"

하고 세째 처녀는 손으로 괸 때 모르는 눈물을 씻었다.

(1925 년)

빈   처

[1]

"그것이 어째 없을까?"

아내가 장문을 열고 무엇을 찾더니 입안말로 중얼거린다.

"무엇이 없어?"

나는 우두커니 책상 머리에 앉아서 책장만 뒤적뒤적하다가 물어 보았다.

"모본단 저고리가 하나 남았는데."

"……."

나는 그만 묵묵하였다.

아내가 그것을 찾아 무엇을 하려는 것을 앎이라. 오늘 밤에 옆집 할멈을 시켜 잡히려 하는 것이다.

이 2년 동안에 돈 한 푼 나는 데 없고 그대로 주리면 시장할 줄 알아 기구(器具)와 의복을 전당국(典當局) 창고에 들여 밀거나 고물상 한구석에 세워 두고 돈을 얻어 오는 수밖에 없었다.

　지금 아내가 하나 남은 모본단 저고리를 찾는 것도 아침 거리를 장만하려 함이다.

　나는 입맛을 쩍쩍 다시고 폈던 책을 덮으며 "후우" 한숨을 내쉬었다.

　봄은 벌써 반이나 지났건마는 이슬을 실은 듯한 밤기운이 방 구석으로부터 슬금슬금 기어 나와 사람에게 안기고, 비가 오는 까닭인지 밤은 아직 깊지 않건만 인적조차 끊어지고 온 천지가 비인 듯이 고요한데 투닥투닥 떨어지는 빗소리가 한없는 구슬픈 생각을 자아낸다.

　"빌어먹을 것 되는대로 되어라."

　나는 점점 견딜 수 없어 두 손으로 흩어진 머리카락을 쓰다듬어 올리며 중얼거려 보았다.

　이 말이 더욱 처량한 생각을 일으킨다. 나는 또 한 번, "후——." 한숨을 내쉬며 왼팔을 베고 책상에 쓰러지며 눈을 감았다.

　이 순간에 오늘 지낸 일이 불현듯 생각이 난다.

　늦게야 점심을 마치고 내가 막 궐련〔卷煙〕 한 개를 피워 물 적에 한성 은행 다니는 T가 공일이라고 찾아왔다.

　친척은 다 멀지 않게 살아도 가난한 꼴을 보이기도 싫고 찾아갈 적마다 무엇을 꾸어 내라고 조르지도 아니하였건만 행여나 무슨 구차한 소리를 할까 봐서 미리 방패막이를 하고 눈살을 찌푸리는 듯하여 나는 발을 끊고 따라서 찾아오는 이도 없었다.

다만 이 T는 촌수가 가까운 까닭인지 자주 우리를 방문하였다.

그는 성실하고 공순하여 소소한 소사(小事)에 슬퍼하고 기뻐하는 인물이었다.

동년배(同年輩)인 우리들은 늘 친척간에 비교거리가 되었었다.

그리고 나의 평판이 항상 좋지 못했다.

"T는 돈을 알고 위인이 진실해서 그 애는 돈 푼이나 모일 것이야! 그러나 K(내 이름)는 아무짝에도 못쓸 놈이야. 그 잘난 언문 섞어서 무어라고 끄적거려 놓고 제 주제에 무슨 조선에 유명한 문학가가 된다니! 시러베 아들 놈!"

이것이 그네들의 평판이었다.

내가 문학인지 무엇인지 하는 소리가 까닭 없이 그네들의 비위에 틀린 것이다.

더군다나 나는 그네들의 생일이나 혹은 대사 때에 돈 한 푼 이렇다는 일이 없고 T는 소위 착실히 돈벌이를 해 가지고 국수 밥소라나 보조를 하는 까닭이다.

"얼마 아니 되어 T는 잘살 것이고 K는 거지가 될 것이니 두고 보아!"

오촌 당숙은 이런 말씀까지 하였다 한다.

입 밖에는 아니 내어도 친부모 친형제까지라도 심중으로는 다 이렇게 생각할 것이다.

그래도 부모는 달라서 화가 나시면,

“네가 그리 하다가는 말경(末境)에 비렁뱅이가 되고 말
것이야.”
라고 꾸중은 하셔도,
“사람이란 늦복(福) 모르느니라.”
“그런 사람은 또 그렇게 되느니라.”
하시는 것이 스스로 위로하는 말씀이고 또 며느리를 위로
하는 말씀이었다.
　이것을 보아도 하는 수 없는 놈이라고 단념(斷念)을 하
시면서 그래도 잘되기를 바라시고 축원하시는 것을 알겠
더라.
　여하간 이만하면 T의 사람됨을 가히 알 수가 있다.
　그리고 그가 우리 집에 올 것 같으면 지어서 쾌활하게
웃으며 힘써 재미스러운 이야기를 하였다.
　단 둘이 고적하게 그날그날을 보내는 우리에게는 더할
수 없이 반가왔었다.
　오늘도 그가 활발하게 집에 쑥 들어오더니 신문지에 싼
기름한 것을 ‘이것 봐라’ 하는 듯이 마루 위에 올려놓고
분주히 구두끈을 끄른다.
　“이것은 무엇인가.”
　나는 물어 보았다.
　“저어, 제 처(妻)의 양산이야요. 쓰던 것이 벌써 낡았고
또 살이 부러졌다나요.”
　그는 구두를 벗고 마루에 올라서며 나오는 웃음을 참지
못하여 벙글벙글하면서 대답을 한다.

그는 나의 아내를 돌아다보며 돌연히,

"아주머니, 좀 구경하시렵니까?"

하더니 싼 종이와 집을 벗기고 양산을 펴 보인다.

흰 비단 바탕에 두어 가지 매화를 수놓은 양산이었다.

"검정이는 좋은 것이 많아도 너무 칙칙해 보이고…… 회색이나 누렁이는 하나도 그것이야 싶은 것이 없어서 이것을 산걸요."

그는 '이것보다도 더 좋은 것을 살 수가 있다' 하는 뜻을 보이려고 애를 쓰며 이런 발명까지 한다.

"이것도 퍽 좋은데요."

이런 칭찬을 하면서 양산을 펴 들고 이리저리 홀린 듯이 들여다보고 있는 아내의 눈에는,

'나도 이런 것을 하나 가졌으면…….'

하는 생각이 역력히 보인다.

나는 갑자기 불쾌한 생각이 와락 일어나서 방으로 들어오며 아내의 양산 보는 양을 빙그레 웃고 바라보고 있는 T에게,

"여보게, 방에 들어오게그려, 우리 이야기나 하세."

T는 따라 들어와 물가 폭등에 대한 이야기며, 자기의 월급이 오른 이야기며, 주권을 몇 주 사 두었더니 꽤 이익이 남았다든가, 각 은행 사무원 경기회에서 자기가 우월한 성적을 얻었다든가, 이런 것 저런 것 한참 이야기하다가 돌아갔었다.

T를 보내고 책상을 향하여 짓던 소설의 결미(結尾)를 생

각하고 있을 즈음에,

"여보!"

아내의 떠는 목소리가 바로 내 귀 곁에서 들린다.

핏기 없는 얼굴에 살짝 붉은빛이 돌며 어느 결에 내 곁에 바싹 다가앉았더라.

"당신도 살 도리를 좀 하세요."

"……."

나는 또 '시작하는구나' 하는 생각이 번개같이 머리에 번쩍이며 불쾌한 생각이 벌컥 일어난다.

그러나 무어라고 대답할 말이 없어 묵묵히 있었다.

"우리도 남과 같이 살아 보아야지요."

아내가 T의 양산에 단단히 자극(刺戟)을 받은 것이다.

예술가의 처 노릇을 하려는 독특한 결심이 있는 그는 좀처럼 이런 소리를 입 밖에 내지 아니하였다.

그러나 무엇에 상당한 자극만 받으면 참고 참았던 이런 소리를 하게 되는 것이다.

나도 이런 소리를 들을 적마다 '그럴 만도 하다'는 동정심이 없지 아니하나 심사가 어쩐지 좋지 못하였다.

이번에도 '그럴 만도 하다'는 동정심이 없지 아니하되 또한 불쾌한 생각을 억제키 어려웠다.

잠깐 있다가 불쾌한 빛을 나타내며,

"급작스럽게 살 도리를 하라면 어찌할 수가 있소. 차차 될 때가 있겠지!"

"아이구, 차차란 말씀 그만두구려, 어느 천년에."

아내의 얼굴에 붉은빛이 짙어지며 전에 없던 홍분한 어조로 이런 말까지 하였다.

자세히 보니 두 눈에 은은히 눈물이 고이었더라.

나는 잠시 멍멍하게 있었다.

성낸 불길이 치받쳐 올라온다.

나는 참을 수 없었다.

"막벌이군한테 시집을 갈 것이지, 누가 내게 시집을 오랬소! 저 따위가 예술가의 처가 다 뭐야?"

사나운 어조로 몰풍스럽게 소리를 꽥 질렀다.

"에그……."

살짝 얼굴빛이 변해지며 어이없이 나를 보더니 고개가 점점 수그러지며 한 방울 두 방울 방울방울 눈물이 장판 위에 떨어진다.

나는 이런 일을 가슴에 그리며 그래도 내일 아침거리를 장만하려고 옷을 찾는 아내의 심중을 생각해 보니 말할 수 없는 슬픈 생각이 가을 바람과 같이 설렁설렁 심골(心骨)을 문지르는 것 같다. 쓸쓸한 빗소리는 굵었다 가늘었다 의연(依然)히 적적한 밤 공기에 더욱 처량히 들리고 그을음 앉은 등피(燈皮) 속에서 비치는 불빛은 구름에 가린 달빛처럼 우는 듯 조는 듯, 구차히 얻어 산 몇 권 양책의 표제 금자(金字)가 번쩍거린다.

2

장 앞에 초연히 서 있던 아내가 무엇이 생각났는지 고개

를 끄덕끄덕하며 들릴 듯 말 듯 목 안의 소리로,

“오호…… 옳지 참 그날…….”

“찾았소?”

“아니야요, 벌써…… 저 인천(仁川) 사시는 형님이 오셨던 날…….”

아내가 애써 찾던 그것도 벌써 전당포의 고운 먼지가 앉았구나! 종지 하나라도 차근차근 아랑곳하는 아내가 그것을 잡혔는지 안 잡혔는지 모르는 것을 보면 빈곤(貧困)이 얼마나 그의 정신을 물어 뜯었는지 가히 알겠다.

“…….”

“…….”

한참 동안 서로 아무 말이 없었다.

가슴이 어째 답답해지며 누구하고 싸움이나 좀 해보았으면, 소리껏 고함이나 질러 보았으면, 실컷 맞아 보았으면 하는 일종 이상한 감정이 부글부글 피어 오르며 전신에 이[虱]가 스멀스멀 기어 다니는 듯 옷이 어째 몸에 끼이며 견딜 수가 없다.

나는 이런 감정을 노골적으로 드러내며,

“점점 구차한 살림에 싫증이 나서 못 견디겠지?”

아내는 무엇을 생각하는지 모르게 정신을 잃고 섰다가 그 거슴츠레한 눈이 둥그래지며,

“네에? 어째서요?”

“무얼 그렇지.”

“싫은 생각은 조금도 없어요.”

이렇게 말이 오락가락함을 따라 나는 흥분의 도(度)가 점점 짙어 간다.

그래서 아내가 떨리는 소리로,

"어째 그런 줄 아세요?"

하고 반문할 적에,

"나를 숙맥으로 알우?"

라고 격렬하게 소리를 높였다.

아내는 살짝 분한 빛이 눈에 비치어 물끄러미 나를 들여다본다.

나는 괘씸하다는 듯이 흘겨보며,

"그러면 그것 모를까! 오늘까지 잘 참아 오더니 인제는 점점 기색이 달라지는 걸 뭐! 물론 그럴 만도 하지마는!"

이런 말을 하는 내 가슴에는 지난 일이 활동 사진 모양으로 얼른얼른 나타난다.

육 년 전에(그때 나는 십 육 세이고 저는 십 팔 세였다) 우리가 결혼한 지 얼마 아니 되어 지식에 목마른 나는 지식의 바닷물을 얻어 마시려고 표연히 집을 떠났었다.

광풍(狂風)에 나부끼는 버들잎 모양으로 오늘은 지나(支那) 내일은 일본으로 굴러다니다가 금전의 탓으로 지식의 바닷물도 흠씬 마셔 보지도 못하고 반 거들충이가 되어 집에 돌아오고 말았다.

그가 시집올 때에는 방글방글 피려는 꽃봉오리 같던 아내가 어느 겨를에 기울어 가는 꽃처럼 두 뺨에 선연(鮮姸)

한 빛이 스러지고 벌써 두어 금 가는 줄이 그리어졌다.

처가 덕으로 집간도 장만하고 세간도 얻어 우리는 소위 살림을 하게 되었다.

처음에는 그럭저럭 지내었지마는 한 푼 나는 데 없는 살림이라 한 달 가고 두 달 갈수록 점점 곤란해질 따름이었다.

나는 보수 없는 독서와 가치 없는 창작으로 해가 지며 날이 새며 쌀이 있는지 나무가 있는지 망연케 몰랐다.

그래도 때때로 맛있는 반찬이 상에 오르고 입은 옷이 과히 추하지 아니함은 전혀 아내의 힘이었다.

전들 무슨 벌이가 있으리요, 부끄럼을 무릅쓰고 친가에 가서 눈치를 보아 가며, 구차한 소리를 하여 가지고 얻어 온 것이었다.

그것도 한두 번 말이지 장구한 세월에 어찌 늘 그럴 수가 있으랴! 말경(末境)에는 아내가 가져온 세간과 의복에 손을 대는 수밖에 없었다.

잡히고 파는 것도 나는 아는 체도 아니 하였다.

그가 애를 쓰며 퉁명스러운 옆집 할멈에게 돈푼을 주고 시켰었다.

이런 고생을 하면서도 그는 나의 성공만 마음속으로 깊이깊이 믿고 빌었었다.

어느 때에는 내가 무엇을 짓다가 마음에 맞지 아니하여 쓰던 것을 집어 던지고 화를 낼 적에,

"왜 마음을 조급하게 잡수세요! 저는 꼭 당신의 이름이

세상에 빛날 날이 있을 줄 믿어요. 우리가 이렇게 고생을
하는 것이 장차 잘될 근본이야요.”
하고 그는 스스로 흥분되어 눈물을 흘리며 나를 위로하는
적도 있었다.

내가 외국으로 다닐 때에 소위 신풍조(新風潮)에 띄어 까
닭 없이 구식 여자가 싫어졌다.

그래서 나이 일찌기 장가 든 것을 매우 후회하였다.

어떤 남학생과 어떤 여학생이 서로 연애를 주고받고
한다는 이야기를 들을 적마다 공연히 가슴이 뛰놀며 부럽
기도 하고 비감스럽기도 하였다.

그러나 낫살이 들어갈수록 그런 생각도 없어지고 집에
돌아와 아내를 겪어 보니 의외에 그에게 따뜻한 맛과 순결
한 맛을 발견하였다.

그의 사랑이야말로 이기적 사랑이 아니고 헌신적 사랑
이었다.

이런 줄을 점점 깨닫게 될 때에 내 마음이 얼마나 행복
스러웠으랴! 밤이 깊도록 다듬이를 하다가 그만 옷 입은
채로 쓰러져 곤하게 자는 그의 파리한 얼굴을 들여다보며,

“아아, 나에게 위안을 주고 원조를 주는 천사여!”
하고 감격이 극하여 눈물을 흘린 일도 있었다.

내가 알다시피 내가 별로 천품은 없으나 어쨌든 무슨 저
작가로 몸을 세워 보았으면 하여 나날이 창작과 독서에 전
심력을 바쳤다. 물론 아직 남에게 인정될 가치는 없는 것
이다.

그 영향으로 자연 일상 생활이 말유(末由)하게 되었다.

이런 곤란에 그는 근 이 년 견디어 왔건만 나의 하는 일은 오히려 아무 보람이 없고 방 안에 놓였던 세간이 줄어지고 장롱에 찼던 옷이 거의 다 없어졌을 뿐이다.

그 결과 그다지 견딜성 있던 그도 요사이 와서는 때때로 쓸데없는 탄식을 하게 되었다.

손잡이를 잡고 마루 끝에. 우두커니 서서 하염없이 산만 바라보기도 하며 바느질을 하다 말고 실신한 사람 모양으로 멍멍히 앉았기도 하였다.

창경(窓鏡)으로 비치는 어스름한 햇빛에 나는 흔히 그의 눈물 머금은 근심 있는 눈물을 발견하였다.

이런 때에는 말할 수 없는 쓸쓸한 생각이 들며 일 없이,

"마누라!"

하고 부르면 그는 몸을 움칫하고 고개를 저리 돌리어 치맛자락으로 눈물을 씻으며,

"네에?"

하고 울음에 떨리는 가는 대답을 한다. 나는 등에 물을 끼얹는 듯 몸이 으쓱해지며 처량한 생각이 싸늘하게 가슴에 흘렀다.

그러지 않아도 자비(自卑)하기 쉬운 마음이 더욱 심해지며,

"내가 무자격한 탓이다."

하고 스스로 멸시를 하고 나니 더욱 견딜 수 없다.

"그럴 만도 하다."

는 동정심이 없지 아니하되 그래도 그만 불쾌한 생각이 일어나며,

"계집이란 할 수 없어."

혼자 이런 불평을 중얼거리었다.

환등(幻燈) 모양으로 하나씩 둘씩 이런 일이 가슴에 나타나니 무어라고 말할 용기조차 없어졌다.

나의 유일의 신앙자이고 위로자이던 저까지 이제는 나를 아니 믿게 되었다.

그는 마음속으로,

"네가 육 년 동안 내 살을 깎고 저미었구나! 이 원수야."

할 것이다.

이렇게 생각하매 그의 불 같던 사랑까지 없어져 가는 것 같았다.

아니 흔적도 없이 사라지고 만 것 같았다.

나는 감상적으로 허둥허둥하며,

"낸들 마누라를 고생시키고 싶어서 시켰겠소! 비단 옷도 해주고 싶고 좋은 양산도 사주고 싶어요! 그러길래 왼종일 쉬지 않고 공부를 아니하우. 남 보기에는 편편히 노는 것 같애도 실상은 그렇지 않아! 본들 모른단 말이오."

나는 점점 강한 가면(假面)을 벗고 약(弱)한 진상(眞相)을 드러내며 이와 같은 가소로운 변명까지 하였다.

"왼 세상 사람이 다 나를 비소(誹笑)하고 모욕하여도 상관이 없지만 마누라까지 나를 아니 믿어 주면 어찌한단

말이오.”

　내 말에 스스로 자극이 되어 가지고 마침내,

　“아아！”

　길이 탄식을 하고 그만 쓰러졌다.

　이 순간에 고개를 숙이고 아마 하염없이 입술만 물어 뜯고 있던 아내가 홀연,

　“여보！”

　울음 소리를 떨면서 무너지는 듯이 내 얼굴에 쓰러진다.

　“용서…….”

하고는 북받쳐 나오는 울음에 말이 막히고 불덩이 같은 두 뺨이 내 얼굴을 누르며 흑흑 느끼어 운다.

　그의 두 눈으로부터 샘솟듯 하는 눈물이 제 뺨과 내 뺨 사이를 따뜻하게 젖어 퍼진다.

　내 눈에서도 눈물이 흘러 내린다.

　뒤숭숭하던 생각이 다 이 뜨거운 눈물에 봄눈 슬듯 스러지고 말았다.

　한참 있다가 우리는 눈물을 씻었다. 내 속이 얼마나 시원한지 몰랐다.

　“용서하여 주세요！ 그렇게 생각하실 줄은 참 몰랐어요.”

　이런 말을 하는 아내는 눈물에 불어 오른 눈꺼풀을 아픈 듯이 꿈적거린다.

　“암만 구차하기로니 싫증이야 날까요！ 나는 한번 먹은 맘이 있는데.”

가만가만히 변명을 하는 아내의 눈물 흔적이 어룽어룽한 얼굴을 물끄러미 바라보며 겨우 심신이 가뜬하였다.

3

어제 일로 심신이 피곤하였던지 그 이튿날 늦게야 잠을 깨니 간밤에 오던 비는 어느 결에 그치었고 명랑한 햇발이 미닫이에 높았더라.

아내가 다시 장 문을 열고 잡힐 것을 찾을 즈음에 누가 중문을 열고 들어온다.

우리는 누군가 하고 귀를 기울일 적에 밖에서,

"아씨!"

하는 소리가 들렸다.

아내는 급히 방 문을 열고 나갔다.

그는 처가에서 부리는 할멈이었다.

오늘이 장인 생신이라고 어서 오라는 말을 전한다.

"오늘이야? 참 옳지, 오늘이 이월 열 엿샛날이지, 나는 깜빡 잊었어!"

"원 아씨는 딱도 하십니다. 어쩌면 아버님 생신을 잊는단 말씀이야요. 아무리 살림이 재미가 나시더래도!"

시큰둥한 할멈은 선웃음을 쳐 가며 이런 소리를 한다.

가난한 살림에 골몰하느라고 자기 친부의 생신까지 잊었는가 하매 아내의 정지(情地)가 더욱 측은하였다.

"오늘이 본가 아버님 생신이라요. 어서 오시라는데……."

"어서 가구려……."

“당신도 가셔야지요. 우리 같이 가세요.”
하고 아내는 하염없이 얼굴을 붉힌다.

나는 처가에 가기가 매우 싫었었다. 그러나 아니 가는 것도 내 도리가 아닐 듯하여 하는 수 없이 두루마기를 입었다.

아내는 머뭇머뭇하며 양미간을 보일 듯 말 듯 찡그리다가 곁눈으로 살짝 나를 엿보더니 돌아서서 급히 장 문을 연다.

흥, 입을 옷이 없어서 망설거리는구나, 나도 슬쩍 돌아서며 생각하였다.

우리는 서로 등지고 섰건만 그래도 아내가 거의 다 빈 장 안을 들여다보며 입을 만한 옷이 없어서 눈살을 찌푸린 양이 눈앞에 선연함을 어찌할 수가 없었다.

“자아, 가세요.”

무엇을 생각하는지 모르게 정신을 잃고 섰다가 아내의 부르는 소리를 듣고 나는 기계적으로 고개를 돌리었다.

아내는 당목옷으로 갈아입고 내 마음을 알았던지 나를 위로하는 듯이 방그레 웃는다.

나는 더욱 쓸쓸하였다.

우리 집은 천변 배다리 곁이었고 처가는 안국동에 있어 그 거리가 꽤 멀었다.

나는 천천히 가노라 하고 아내는 속히 오느라고 오건마는 그는 늘 뒤떨어졌다.

내가 한참 가다가 뒤를 돌아다보면 그는 늘 멀리 떨어져 나를 따라오려고 애를 쓰며 주춤주춤 걸어온다.

길가에 다니는 어느 여자를 보아도 거의 다 비단옷을 입고 고운 신을 신었는데 당목옷을 허술하게 차리고 청록 당혜로 타박타박 걸어오는 양이 나에게 얼마나 애연(哀然)한 생각을 일으켰는지!

한참 만에 나는 넓고 높은 처가집 대문에 다다랐다.

내가 안으로 들어갈 적에 낯선 사람들이 나를 흘끔흘끔 본다.

그들의 눈에,

"이 사람이 누구인가. 아마 이 집 하인인가 보다."

하는 경멸히 여기는 빛이 있는 것 같았다.

안 대청 가까이 들어오니 모두 내게 분분히 인사를 한다.

그 인사하는 소리가 내 귀에는 어째 비소하는 것 같기도 하고 모욕하는 것 같기도 하여 공연히 가슴이 두근거리고 얼굴이 후끈거린다.

그 중에 제일 내게 친숙하게 인사하는 사람이 있다.

그는 아내보다 삼 년 맏인 처형이었다.

내가 어려서 장가를 들었으므로 그때 그는 나를 못 견디게 시달렸다.

그때는 그게 싫기도 하고 밉기도 하더니 지금 와서는 그때 그러한 것이 도리어 우리를 무관하게 정답게 만들었다.

그는 인천 사는데 자기 남편이 기미(期米)를 하여 가지고 이번에 돈 십만 원이나 착실히 땄다 한다.

그는 자기의 잘사는 것을 자랑하고자 함인지 비단을 내
리감고 얼굴에 부유한 태가 질질 흐른다. 그러나 분(粉)으
로 숨기려고 애쓴 보람도 없이 눈 위에 퍼렇게 멍든 것이
내 눈에 띄었다.

"왜 마누라는 어쩌고 혼자 오세요?"

그는 웃으며 이런 말을 하다가 중문 편을 바라보더니,

"그러면 그렇지! 동부인 아니하고 오실라구."

혼자 주고받고 한다.

나도 이 말을 듣고 슬쩍 돌아다보니 아내가 벌써 중문
앞에 들어섰다.

그 수척한 얼굴이 더욱 수척해 보이며 눈물 고인 듯한
눈이 하염없이 웃는다.

나는 유심히 그와 아내를 번갈아 보았다.

처음 보는 사람은 분간을 못 할이만큼 그들의 얼굴은
흡사하다.

그런데 얼굴빛은 어쩌면 저렇게 틀리는지!

하나는 이글이글 만발한 꽃 같고 하나는 시들 마른 낙엽
같다.

아내를 형이라고, 처형을 아우라 하였으면 아무라도 속
을 것이다.

또 한 번 아내를 보며 말할 수 없이 쓸쓸한 생각이 다시
금 가슴을 누른다.

딴 음식은 별로 먹지도 아니하고 못 먹는 술을 넉 잔이
나 마시었다.

그래도 바늘 방석에 앉은 것처럼 앉아 견딜 수가 없다.

집에 가려고 나는 몸을 일으켰다. 골치가 띵하며 내가 선 방바닥이 마치 폭풍에 노도하는 파도같이 높았다 낮았다 어질어질해서 곧 쓰러질 것 같다.

이 거동을 보고 장모가 황망히 일어서며,

"술이 저렇게 취해 가지고 어데로 갈라구, 여기서 한잠 자고 가게."

나는 손을 내저으며,

"아니예요, 집에 가겠어요."

취한 소리로 중얼거리었다.

"저를 어찌나!"

장모는 걱정을 하시더니,

"할멈, 어서 인력거 한 채 불러오게."

한다.

취중에도 인력거를 태우지 말고 삯을 나를 주었으면 책 한 권을 사 보련만 하는 생각이 있었다.

인력거를 타고 얼마 아니 가서 그만 잠이 들었다.

한참 자다가 잠을 깨어 보니 방 안에 벌써 남폿불이 키었는데 아내는 어느 결에 왔는지 외로이 앉아 바느질을 하고 화로에서는 무엇이 끓는 소리가 보글보글하였다.

아내가 나의 잠 깬 것을 보더니, 급히 화로에 얹힌 것을 만져 보며,

"인제 그만 일어나 진지 잡수세요" 하고 부리나케 일어나 아랫목에 파묻어 둔 밥그릇을 꺼내어 미리 차려 둔 상

에 얹어서 내 앞에 갖다 놓고 일변 화로를 당기어 더운 반찬을 집어 얹으며,

"자아, 어서 일어나세요" 한다.

나는 마지못하여 하는 듯이 부시시 일어났다.

머리가 오히려 아프며 목이 몹시 말라서 국과 물을 연해 들이켰다.

"물만 잡수셔서 어째요. 진지를 좀 잡수셔야지."

아내는 이런 근심 걱정을 하며 밥상머리에 앉아서 고기도 뜯어 주고 생선 뼈도 추려 주었다.

이것은 다 오늘 처가에서 가져온 것이다. 나는 맛나게 밥 한 그릇을 다 먹었다.

내 밥상이 나매 아내가 밥을 먹기 시작한다.

그러면 지금껏 내 잠 깨기를 기다리고 밥을 먹지 아니하였구나 하고 오늘 처가에서 본 일을 생각하였다.

어제 일이 있은 후로 우리 사이에 무슨 벽이 생긴 듯하던 것이 그 벽이 점점 엷어져 가는 듯하며 가엾고 사랑스러운 생각이 일어났었다.

그래서 우리는 정답게 이런 이야기 저런 이야기를 하게 되었다.

우리의 이야기는 오늘 장인 생신 잔치로부터 처형 눈 위에 멍든 것에 옮겨 갔다.

처형의 남편이 이번 그 돈을 딴 뒤로는 주야 요리점과 기생집에 돌아다니더니 일전에 어떤 기생을 얻어 가지고 미쳐 날뛰며 집에만 들면 집안 사람을 들볶고 걸핏하면 처

형을 친다 한다.

이번에도 별로 대단치 않은 일에 처형에게 밥상으로 냅다 갈겨 바로 눈 위에 그렇게 멍이 들었다 한다.

"그것 보아, 돈푼이나 있으면 다 그런 것이야."

"정말 그래요. 없으면 없는 대로 살아도 의좋게 지내는 것이 행복이야요."

아내는 충심으로 공명해 주었다.

이 말을 들으매 내 마음은 말할 수 없이 만족해지면서 무슨 승리나 한 듯이 득의양양하였다. 그리고 마음속으로,

"옳다, 그렇다. 이렇게 지내는 것이 행복이다" 하였다.

4

이틀 뒤 해 어스름에 처형은 우리 집에 놀러 왔었다.

마침 내가 정신 없이 무엇을 생각하고 있을 즈음에 쓸쓸하게 닫혀 있는 중문이 찌긋둥하며 비단옷 소리가 사오락사오락 들리더니 아랫목은 내게 빼앗기고 웃목에서 바느질을 하고 있던 아내가 문을 열고 나간다.

"아이고 형님 오셔요."

아내의 인사하는 소리가 들리더니 처형이 계집 하인에게 무엇을 들리고 들어온다.

나도 반갑게 인사를 하였다.

"그날 매우 욕을 보셨죠? 못 잡숫는 술을 무슨 짝에 그렇게 잡수세요."

그는 이런 인사를 하다가 갑작스럽게 계집 하인이 든 것

을 빼앗더니 신문지로 싼 것을 끄집어내어 아내를 주며,

“내 신 사는데 네 신도 한 켤레 샀다. 그날 청록 당혜를…….”

말을 하려다가 나를 곁눈으로 흘끗 보고 그만 입을 닫친다.

“그것을 왜 또 사셨어요.”

해쓱한 얼굴에 꽃물을 들이며 아내가 치사하는 것도 들은 체 만 체하고 처형은 또 이야기를 시작한다.

“올 적에 사랑방 양반을 졸라서 돈 백 원을 얻었겠지. 그래서 오늘 종로에 나와서 옷감도 바꾸고 신도 사고…….”

그는 자랑과 기쁨의 빛이 얼굴에 퍼지며 싼 보를 끌러,

“이런 것이야!”

하고 우리 앞에 펼쳐 놓는다.

자세히는 모르나 여하간 값 많은 품 좋은 비단인 듯하다.

무늬 없는 것, 무늬 있는 것, 회색, 초록색, 분홍색이 갖가지로 윤이 흐르며 색색이 빛이 나서 나는 한참 황홀하였다.

무슨 칭찬을 해야 되겠다 싶어서,

“참 좋은 것인데요.”

이런 말을 하다가 나는 또 쓸쓸한 생각이 일어난다.

저것을 보는 아내의 심중이 어떠할까 하는 의문이 문득 일어남이라.

“모다 좋은 것만 골라 샀읍니다그려.”

아내는 인사를 차리느라고 이런 칭찬은 하나마 별로 부러워하는 기색이 없다. 나는 적이 의외의 감이 있었다.

처형은 자기 남편의 흉을 보기 시작하였다.

그 밉살스럽다는 둥 그 추근추근하다는 둥 말 끝마다 자기 남편의 불미한 점을 들다가 문득 이야기를 끊고 일어선다.

"왜 벌써 가시려고 하셔요. 모처럼 오셨다가 반찬은 없어도 저녁이나 잡수세요."

하고 아내가 만류를 하니,

"아니 곧 가야지. 오늘 저녁 차로 떠날 것이니까 가서 짐을 매어야지. 아직 차 시간이 멀었어? 아니 그래도 정거장에 일찌기 나가야지, 만일 기차를 놓치면 오죽 기다리실라구, 벌써 오늘 저녁 차로 간다고 편지까지 했는데……."

재삼 만류함도 돌아보지 아니하고 그는 홀홀이 나간다.

우리는 그를 보내고 방에 들어왔다.

"그까짓 것이 기대리는데 그다지 급급히 갈 것이 무엇이야."

아내는 하염없이 웃을 뿐이었다.

"그래도 옷감 바꿀 돈을 주었으니 기대리는 것이 애처롭기는 하겠지."

밉살스러우니, 추근추근하니 하여도 물질의 만족만 얻으면 그것으로 기뻐하고 위로하는 그의 생활이 참 가련하다 하였다.

"참, 그런가 보아요."

아내도 웃으며 내 말을 받는다.

이때에 처형이 사준 신이 그의 눈에 띄었는지(혹은 나를 꺼려, 보고 싶은 것을 참았는지 모르나) 그것을 집어 들고 조심조심 펴 보려다가 말고 머뭇머뭇한다.

그 속에 그를 해케 할 무슨 위험품이나 든 것같이.

"어서 펴 보구려."

아내는 이 말을 듣더니,

'작히 좋으랴.'

하는 듯이 활발하게 싼 신문지를 헤친다.

"퍽 이쁜 걸요."

그는 근일에 드문 기쁜 소리를 치며 방바닥 위에 사뿐 내려놓고 버선을 당기며 곱게 신어 본다.

"어쩌면 이렇게 맞아요!"

연해 연방 감사를 부르짖는 그의 얼굴에 혼연한 희색이 넘쳐흐른다.

"……."

묵묵히 아내의 기뻐하는 양을 보고 있는 나는 또다시,

'여자란 할 수 없어.'

하는 생각이 들며,

'조심하였을 따름이다.'

하매 밤빛 같은 검은 그림자가 가슴을 어둡게 하였다.

그러면 아까 처형의 옷감을 볼 적에도 물론 마음속으로는 부러워하였을 것이다. 다만 표면에 드러내지 않았을 따

름이다. 겨우,

“어서 펴 보구려.”

하는 한마디에 가슴에 숨겼던 생각을 속임 없이 나타내는구나 하였다.

내가 무엇을 생각하고 있는지 저는 모르고 새 신 신은 발을 조금 쳐들며,

“신 모양이 어때요?”

“매우 이뻐!”

겉으로는 좋은 듯이 대답을 하였으나 마음은 쓸쓸하였다.

내가 제게 신 한 켤레를 사주지 못하여 남에게 얻은 것으로 만족하고 기뻐하는 거다.

웬일인지 이번에는 그만 불쾌한 생각이 일어나지 아니하였다.

처형이 동서를 밉다거니 무엇이니 하면서도 기차를 놓치면 남편이 기다릴까 염려하여 급히 가던 것이 생각난다.

그것을 미루어 아내의 심사도 알 수 있다.

부득이한 경우라 하릴없이 정신적 행복에만 만족하려고 애를 쓰지마는 기실 부족한 것이다.

다만 참을 따름이다.

그것은 내가 생각해야 된다.

이런 생각을 하니 그날 아내에게 그런 말을 한 것이 후회가 났다.

“어느 때라도 제 은공을 갚아 줄 날이 있겠지!”

나는 마음을 좀 너그러이 먹고 이런 생각을 하며 아내를
보았다.

"나도 어서 출세를 하여 비단신 한 켤레쯤은 사주게 되
었으면 좋으련만……."

아내가 이런 말을 듣기는 처음이다.

"네에?"

아내는 제 귀를 못 미더워하는 듯이 의아한 눈으로 나를
보더니 얼굴에 살짝 열기가 오르며,

"얼마 안 되어 그렇게 될 것이야요!"
라고 힘있게 말하였다.

"정말 그럴 것 같소?"

나는 약간 흥분하여 반문하였다.

"그러믄요, 그렇고말고요."

아직 아무도 인정해 주지 않는 무명 작가인 나를 저 하
나이 깊이깊이 인정해 준다.

그러길래 그 강한 물질에 대한 본능적 요구도 참아 가며
오늘날까지 몹시 눈살을 찌푸리지 아니하고 나를 도와 준
것이다.

"아아, 나에게 위안을 주고 원조를 주는 천사여!"

마음속으로 이렇게 부르짖으며, 두 팔로 덥썩 아내의 허
리를 잡아 내 가슴에 바싹 안았다.

그 다음 순간에는 뜨거운 두 입술이…….

그의 눈에도 나의 눈에도 그렁그렁한 눈물이 물끓듯 넘
쳐흐른다.
(1921 년)

술 권하는 사회

1

"아이그, 아야."

홀로 바느질을 하고 있던 아내는 얼굴을 살짝 찌푸리고 가늘고 날카로운 소리로 부르짖었다. 바늘 끝이 왼손 엄지 손가락 손톱 밑을 찔렀음이다. 그 손가락은 가늘게 떨고 하얀 손톱 밑으로 앵도(櫻桃)빛 같은 피가 비친다. 그것을 볼 사이도 없이 아내는 얼른 바늘을 빼고 다른 손 엄지손 가락으로 그 상처를 누르고 있다. 그러면서 하던 일가지를 팔꿈치로 고이고이 밀어 내려놓았다. 이윽고 눌렀던 손을 떼어 보았다. 그 언저리는 인제 다시 피가 아니 나려는 것 처럼 혈색(血色)이 없다. 하더니, 그 희던 꺼풀 밑에 다시 금 꽃물이 차츰차츰 밀려온다. 보일 듯 말 듯한 그 상처로 부터 좁쌀 낟 같은 핏방울이 송송 솟는다. 또 아니 누를 수 없다. 이만하면 그 구멍이 아물었으려니 하고 손을 떼 면 또 얼마 아니 되어 피가 비치어 나온다.

인제 헝겊 오락지로 처매는 수밖에 없다. 그 상처를 누

른 채 그는 바느질고리에 눈을 주었다. 거기 쓸 만한 오락
지는 실패 밑에 있다. 그 실패를 밀어내고 그 오락지를 두
새끼 손가락 사이에 집어 올리려고 한동안 애를 썼다. 그
오락지는 마치 풀로 붙여 둔 것같이 고리 밑에 착 달라붙
어 세상 집혀지지 않는다. 그 두 손가락은 헛되이 그 오락
지 위를 긁적거리고 있을 뿐이다.

"왜 집혀지지를 않아!"

그는 마침내 울 듯이 부르짖었다. 그리고 그것을 집어
줄 사람이 없나 하는 듯이 방 안을 둘러보았다. 방 안은
텅 비어 있다. 어느 뉘 하나 없다. 호젓한 허영(虛影)만 그
를 휩싸고 있다. 바깥도 죽은 듯이 고요하다. 시시로 퐁퐁
하고 떨어지는 수도의 물방울 소리가 쓸쓸하게 들릴 뿐.
문득 전등불이 광채(光彩)를 더하는 듯하였다. 벽상(壁上)
에 걸린 괘종(掛鍾)의 거울이 번들하며, 새로 한 점을 가리
키려는 시침(時針)이 위협하는 듯이 그의 눈을 쏜다. 그의
남편은 그때껏 돌아오지 않았었다.

아내가 되고 남편이 된 지는 벌써 오랜 일이다. 어느덧
칠, 팔 년이 지났으리라. 하건만 같이 있어 본 날을 헤아리
면 단 일 년이 될락말락한다. 막 그의 남편이 서울서 중학
을 마쳤을 제 그와 결혼하였고, 그러자마자 고만 동경(東
京)에 부급(負笈)한 까닭이다. 거기서 대학까지 졸업을 하
였다. 이 길고 긴 세월에 아내는 얼마나 괴로왔으랴! 봄
이면 봄, 겨울이면 겨울, 웃는 꽃을 한숨으로 맞았고 얼음
같은 베개를 뜨거운 눈물로 덥히었다. 몸이 아플 때, 마음

이 쓸쓸할 제, 얼마나 그가 그리웠으랴! 하건만 아내는 이 모든 고생을 이를 악물고 참았었다. 참을 뿐이 아니라 달게 받았었다. 그것은 남편이 돌아오기만 하면! 하는 생각이 그에게 위로를 주고 용기를 준 까닭이었다. 남편이 동경에서 무엇을 하고 있나? 공부를 하고 있다. 공부가 무엇인가? 자세히 모른다. 또 알려고 애쓸 필요도 없다. 어찌하였든지 이 세상에 제일 좋고 제일 귀한 무엇이라 한다. 마치 옛날 이야기에 있는 도깨비의 부자(富者) 방망이 같은 것이어니 한다. 옷 나오라면 옷 나오고, 밥 나오라면 밥 나오고, 돈 나오라면 돈 나오고…… 저 하고 싶은 무엇이든지 청채서 아니 되는 것이 없는 무엇을 동경에서 얻어 가지고 나오려니 하였었다.

가끔 놀러 오는 친척들이 비단옷 입은 것과 금지환(金指環) 낀 것을 볼 때에 그 당장엔 마음 그윽이 부러워도 하였지만 나중엔 '남편만 돌아오면——'하고 그것에 경멸하는 시선을 던지었다.

남편이 돌아왔다. 한 달이 지나가고 두 달이 지나간다. 남편의 하는 행동이 자기의 기대하던 바와 조금 배치(背馳)되는 듯하였다. 공부 아니 한 사람보다 조금도 다른 것이 없었다. 아니다, 다르다면 다른 점도 있다. 남은 돈벌이를 하는데 그의 남편은 도리어 집안 돈을 쓴다. 그러면서도 어디인지 분주히 돌아다닌다. 집에 들면 정신 없이 무슨 책을 보기도 하고 또는 밤새도록 무엇을 쓰기도 하였다.

'저러는 것이 참말 부자 방망이를 맨드는 것인가 보다.'
아내는 스스로 이렇게 해석한다.

또 두어 달 지나갔다. 남편의 하는 일은 늘 한 모양이었다. 한 가지 더한 것은 때때로 깊은 한숨을 쉬는 것뿐이었다. 그리고 무슨 근심이 있는 듯이 얼굴을 펴지 않았다. 몸은 나날이 축이 나간다.

'무슨 걱정이 있는고?'

아내는 따라서 근심을 하게 되었다. 하고는 그 여윈 것을 보충하려고 갖가지로 애를 썼다. 곧 될 수 있는 대로 그의 밥상에 맛난 반찬가지를 붙게 하며 또 고음 같은 것도 만들었다. 그런 보람도 없이 남편은 입맛이 없다 하며 그것을 잘 먹지도 않았었다.

또 몇 달이 지나갔다. 인제 출입을 뚝 끊고 늘 집에 붙어 있다. 걸핏하면 성을 낸다. 입버릇 모양으로 화난다, 화난다 하였다.

어느 날 새벽, 아내가 어렴풋이 잠을 깨어, 남편의 누웠던 자리를 더듬어 보았다. 쥐이는 것은 이불자락뿐이다. 잠결에도 실망을 아니 느낄 수 없었다. 잃은 것을 찾으려는 것처럼 눈을 부시시 떴다. 책상 위에 머리를 쓰러뜨리고 두 손으로 그것을 움켜 쥐고 있는 남편을 보았을 때 흐릿한 의식이 돌아옴에 따라, 남편의 어깨가 덜썩덜썩 움직임도 깨달았다. 흑흑 느끼는 소리가 귀를 울린다. 아내는 정신을 바짝 차리었다. 불현듯이 몸을 일으켰다. 이윽고 아내의 손은 가볍게 남편의 등을 흔들며 목에 걸리고 나오

지 않는 소리로,

"왜 이러고 계셔요."

하고 물어 보았다.

"……."

남편은 아무 대답이 없다. 아내는 손으로 남편의 얼굴을 괴어 들려고 할 즈음에, 그것이 뜨뜻하게 눈물에 젖는 것을 깨달았다.

또 한두어 달이 지나갔다. 처음처럼 다시 출입이 자유로왔다. 구역이 날 듯한 술 냄새가 밤늦게 돌아오는 남편의 입에서 나게 되었다. 그것은 요사이 일이다. 오늘밤에도 지금까지 돌아오지 않았다. 초저녁부터 아내는 별별 생각을 다하면서 남편을 고대고대하고 있었다. 지리한 시간을 속히 보내려고 치웠던 일가지를 또 꺼내었다. 그것조차 뜻같이 아니 되었다. 때때로 바늘이 헛되이 움직이었다. 마침내 그것에 찔리고 말았다.

"어데를 가서 이때껏 오시지 않아!"

아내는 이제 아픈 것도 잊어버리고 짜증을 내었다. 잠깐 그를 떠났던 공상과 환영이 다시금 그의 머리에 떠돌기 시작하였다. 이상한 꽃을 수놓은 흰 보(褓) 위에 맛난 요리를 담은 접시가 번쩍인다. 여러 친구와 술을 권커니 잣커니 하는 광경이 보인다. 그의 남편은 미친 듯이 껄껄 웃는다. 나중에는 검은 휘장이 스르르하는 듯이 그 모든 것이 사라져 버리더니 낭자(狼藉)한 요리상만이 보이기도 하고, 술병만 희게 빛나기도 하고, 아까 그 기생이 한 팔로 땅을 짚고 진저리를 쳐 가며 웃는 꼴이 보이기도 하였다. 또한 남편이 길바닥에 쓰러져 우는 것도 보이었다.

"문 열어라!"

문득 대문이 덜컥하고 혀가 꼬부라진 소리로 부르는 듯하였다.

"네."

저도 모르게 대답을 하고 급히 마루로 나왔다. 잘못 신은 발에 아니 맞는 신을 질질 끌면서 대문으로 달렸다. 중문은 아직 잠그지도 않았고 행랑방에 사람이 없지 않지마는 의례히 깊은 잠에 떨어졌을 줄 알고 자기가 뛰어나감이었다. 가느름한 손이 어둠 속에서 희게 빗장을 잡고 한참 실강이를 한다. 대문은 열렸다.

밤 바람이 선득하게 얼굴에 안친다. 문 밖에는 아무도 없다! 온 골목에 사람의 그림자도 볼 수 없다. 검푸른 밤빛이 허연 길 위에 그물그물 깃들였을 뿐이었다.

아내는 무엇에 놀란 사람 모양으로 한참 멀거니 서 있었다. 문득 급거히 대문을 닫친다. 마치 그 열린 사이로 악마나 들어올 것처럼.

'그러면 바람 소리였구먼.'
하고 싸늘한 뺨을 쓰다듬으며 해쭉 웃고 발길을 돌리었다.

'아니 내가 분명히 들었는데……. 혹 내가 잘못 보지를 않았나……? 길바닥에나 쓰러져 있었으면 보이지도 않을 터야…….'

중간문까지 다다르자 별안간 이런 생각이 그의 걸음을

멈추게 하였다.

'대문을 또 좀 열어 볼까? ……아니야, 내가 헛들었지. 그래도 혹…… 아니야, 내가 헛들었지.'

망설거리면서도 꿈꾸는 사람 모양으로 저도 모를 사이에 마루까지 올라왔다. 매우 기묘한 생각이 번개같이 그의 머리에 번쩍인다.

'내가 대문을 열었을 제 나 몰래 들어오지나 않았나……?'

과연 방 안에 무슨 소리가 나는 것 같았다. 확실히 사람의 기척이 있다. 어른에게 꾸중 모시러 가는 어린애처럼 조심조심 방 문 앞에 왔다. 그리고 문간 아래로 손을 대며 하염없이 웃는다. 그것은 제 잘못을 용서해 줍시사 하는 어린애 같은 웃음이었다. 조심조심 방 문을 열었다. 이불이 어째 움직움직하는 듯하였다.

'나를 속이랴고 이불을 쓰고 누웠구면.'
하고 마음속으로 소곤거렸다. 가만히 내려앉는다. 그 모양이 이것을 건드려서는 큰일이 나지요 하는 듯하였다. 이불을 펄쩍 쳐들었다. 비인 요가 하얗게 드러난다. 그제야 확실히 아니 온 줄 안 것처럼,

"아니 왔구면, 안 왔어!"
라고 울 듯이 부르짖었다.

남편이 돌아오기는 새로 두 점이 훨씬 지난 뒤였다. 무엇이 털썩하는 소리가 들리고 잇따라,

"아씨, 아씨!"
라고 부르는 소리가 귀를 때릴 때에야 아내는 비로소 아직
도 앉았을 자기가 이불 위에 쓰러져 있음을 깨달았다. 기
실, 잠귀 어두운 할멈이 대문을 열었을이만큼 아내는 깜박
잠이 깊이 들었다. 하건만 그는 몽경(夢境)에서 방황하는
정신을 당장에 수습하였다. 두어 번 얼굴을 쓰다듬자마자
불현듯 밖으로 나왔다.

남편은 한 다리를 마루 끝에 걸치고 한 팔을 베고 옆으
로 누워 있다. 숨소리가 씨근씨근한다.

막 구두를 벗기고 일어나 할멈은 검붉은 상을 찡그려 붙
이며,

"어서 일어나 방으로 들어가세요."
라고 한다.

"응, 일어나지."

나리는 혀를 억지로 돌리어 코와 입으로 대답을 하였다.
그래도 몸은 꿈쩍도 않는다. 도리어 그 개개풀린 눈을 자
려는 것처럼 스스로 감는다. 아내는 눈만 비비고 서 있다.

"어서 일어나셔요. 방으로 들어가시라니까."

이번에는 대답조차 아니 한다. 그 대신 무엇을 잡으려는
것처럼 손을 내어젓더니,

"물, 물, 냉수를 좀 주어."
라고 중얼거렸다.

할멈은 얼른 물을 떠다 이취자(泥醉者)의 코 밑에 놓았건
만, 그 사이 벌써 아까 청(請)을 잊은 것같이 취한 이는 물

을 먹으려고도 하지 않는다.

"왜 물을 아니 잡수셔요."

곁에서 할멈이 깨우쳤다.

"응, 먹지 먹어."

하고 그제야 주인은 한 팔을 짚고 고개를 든다. 한꺼번에 물 한 대접을 다 들이켜 버렸다. 그리고는 또 쓰러진다.

"에그, 또 눕네."

하고, 할멈은 우물로 기어드는 어린애를 안으려는 모양으로 두 손을 내어민다.

"할멈은 고만 가 자게."

주인은 귀치 않다는 듯이 말을 한다.

이를 어찌해, 하는 듯이 멀거니 서 있는 아내도 할멈이 고만 갔으면 하였다. 남편을 붙들어 일으킬 생각이야 간절하였지마는, 할멈이 보는데 어찌 그럴 수 없는 것 같았다. 혼인한 지가 칠, 팔 년이 되었으니 그런 파수(破羞)야 되었으련만 같이 있어 본 날을 꼽아 보면, 그는 갓 시집온 색시였다.

'할멈은 가 자게.'

란 말이 목까지 올라왔지만 입술에서 사라지고 말았다. 마음 그윽이 할멈이 돌아가기만 기다릴 뿐이었다.

"좀 일으켜 드려야지."

가기는커녕 이런 말을 하고, 할멈은 선웃음을 치면서 마루로 부득부득 올라온다. 그 모양은 마치 주인 나리가 약주가 취하시거든, 방에까지 모셔다 드려야 제 도리에 옳지요 하는 듯하였다.

"자아, 자아."

할멈은 아씨를 보고 히히 웃어 가며, 나리의 등 밑으로 손을 넣는다.

"왜 이래, 왜 이래, 내가 일어날 테야."

하고 몸을 움직이더니, 정말 주인이 부시시 일어난다. 마루를 쾅쾅 눌러 디디며, 비틀비틀 곧 쓰러질 듯한 보조(步調)로 방 문을 향하여 걸어간다. 와지끈하며 문을 열어 젖히고는 방 안으로 들어간다. 아내도 뒤따라 들어왔다. 할멈은 중간턱을 넘어설 제, 몇 번 혀를 차고는, 저 갈 데로 가버렸다.

벽에 엇비슷하게 기대어 있는 남편은 무엇을 생각하는 듯이 고개를 숙이고 있다. 그의 말라 붙은 관자놀이에 펄떡거리는 푸른 맥(脈)을 아내는 걱정스럽게 바라보면서 남편 곁으로 다가온다. 아내의 한 손은 양복 깃을, 또 한 손은 그 소매를 잡으며 화(和)한 목성으로,

"자아, 벗으셔요."

하였다.

남편은 문득 미끄러지는 듯이 벽을 타고 내려앉는다. 그의 쭉 뻗친 발 끝에 이불자락이 저리로 밀려 간다.

"에그, 왜 이리 하셔요. 벗자는 옷은 아니 벗으시고."

그 서슬에 넘어질 뻔한 아내는 애닯게 부르짖었다. 그러면서도 같이 따라 앉는다. 그의 손은 또 옷을 잡았다.

"옷이 구겨집니다. 제발 좀 벗으셔요."

라고 아내는 애원을 하며, 옷을 벗기려고 애를 쓴다. 하나, 취한 이의 등이 천근같이 벽에 척 들러붙었으니 벗겨질 리가 없다. 애를 쓰다쓰다 옷을 놓고 물러앉으며,

“원 참, 누가 술을 이처럼 권하였노.”
라고 짜증을 낸다.

“누가 권하였노? 누가 권하였노? 홍홍.”
남편은 그 말이 몹시 귀에 거슬리는 것처럼 곱삶는다.

“그래, 누가 권했는지 마누라가 좀 알아내겠소?”
하고 껄껄 웃는다. 그것은 절망의 가락을 띤 쓸쓸한 웃음이었다. 아내도 따라 방긋 웃고는 또 옷을 잡으며,

“자아, 옷이나 먼저 벗으셔요. 이야기는 나중에 하지요. 오늘밤에 잘 주무시면 내일 아침에 알으켜 드리지요.”

“무슨 말이야, 무슨 말이야. 왜 오늘 일을 내일로 미루어. 할 말이 있거든 지금 해!”

“지금은 약주가 취하셨으니, 내일 약주가 깨시거든 하지요.”

“무어? 약주가 취해?”
하고 고개를 쩔레쩔레 흔들며,

“천만에, 누가 술이 취했단 말이오. 내가 공연히 이러지, 정신은 말뚱말뚱하오. 꼭 이야기하기 좋을 만해. 무슨 말이든지…… 자아.”

“글쎄, 왜 못 잡수시는 약주를 잡수셔요. 그러면 몸에 축이 나지 않아요.”
하고 아내는 남편의 이마에 흐르는 진땀을 씻는다.

이취자(泥醉者)는 머리를 흔들며,

"아니야, 아니야, 그런 말을 듣자는 것이 아니야."

하고 아까 일을 추상하는 것처럼, 말을 끊었다가 다시금 말을 이어,

"옳지, 누가 나에게 술을 권했단 말이오? 내가 술이 먹고 싶어서 먹었단 말이오?"

"자시고 싶어 잡수신 건 아니지요. 누가 당신께 약주를 권하는지 내가 알아낼까요? 저…… 첫째는 화증이 술을 권하고 둘째는 하이칼라가 약주를 권하지요."

아내는 살짝 웃는다.

'내가 어지간히 알아맞혔지요' 하는 모양이었다.

남편은 고소(苦笑)한다.

"틀렸소, 잘못 알았소. 화증이 술을 권하는 것도 아니고 하이칼라가 술을 권하는 것도 아니오. 나에게 권하는 것은 따로 있어. 마누라가, 내가 어떤 하이칼라한테나 홀려 다니거나, 그 하이칼라가 늘 내게 술을 권하거니 하고 근심을 했으면 그것은 헛걱정이지. 나에게 하이칼라는 아무 소용도 없소. 나의 소용은 술뿐이오. 술이 창자를 휘돌아, 이것저것을 잊게 맨드는 것을 나는 취(取)할 뿐이오."

하더니, 홀연 어조를 고쳐 감개 무량하게,

"아아, 유위 유망(有爲有望)한 머리를 알코올로 마비 아니 시킬 수 없게 하는 그것이 무엇이란 말이오."

하고 긴 한숨을 내어쉰다. 물큰물큰한 술 냄새가 방 안에 흩어진다.

아내에게는 그 말이 너무 어려웠다. 고만 묵묵히 입을
다물었다. 눈에 보이지 않는 무슨 벽이 자기와 남편 사이
에 깔리는 듯하였다. 남편의 말이 길어질 때마다 아내는
이런 쓰디쓴 경험을 맛보았다. 이런 일은 한두 번이 아니
었다. 이윽고 남편은 기가 막힌 듯이 웃는다.

"흥 또 못 알아듣는군. 묻는 내가 그르지, 마누라야 그
런 말을 알 수 있겠소. 내가 설명해 드리지. 자세히 들어
요. 내게 술을 권하는 것은 화증도 아니고 하이칼라도 아
니요, 이 사회란 것이 내게 술을 권한다오. 이 조선 사회
란 것이 내게 술을 권한다오. 알았소? 팔자가 좋아서 조
선에 태어났지, 딴 나라에 났더면 술이나 얻어먹을 수 있
나……."

사회란 무엇인가? 아내는 또 알 수가 없었다. 어찌하였
든 딴 나라에는 없고 조선에만 있는 요리집 이름이어니
한다.

"조선에 있어도 아니 다니면 그만이지요."

남편은 또 아까 웃음을 재우친다. 술이 정말 아니 취한
것같이 또렷또렷한 어조로,

"허허, 기막혀, 그 한 분자(分子)된 이상에야 다니고 아
니 다니는 게 무슨 상관이야. 집에 있으면 아니 권하고,
밖에 나가야 권하는 줄 아는가 보아. 그런 게 아니야. 무
슨 사회 사람이 있어서 밖에만 나가면 나를 꼭 붙들고 술
을 권하는 게 아니야…… 무어라 할까…… 저 우리 조선
사람으로 성립된 이 사회란 것이 내게 술을 아니 못 먹게

한단 말이오…… 어째 그렇소? ……또 내가 설명을 해드리지. 여기 회를 하나 꾸민다 합시다. 거기 모이는 사람놈치고 처음은 민족을 위하느니 사회를 위하느니 그러는데, 제 목숨을 바쳐도 아깝지 않느니 아니 하는 놈이 하나도 없어. 하다가 단 이틀이 못 되어…….”

한층 소리를 높이며 손가락을 하나씩 둘씩 꼽으며,

“되지 못한 명예 싸움, 쓸데없는 지위 다툼질, 내가 옳으니 네가 그르니, 내 권리가 많으니 네 권리 적으니……밤낮으로 서로 찢고 뜯고 하지, 그러니 무슨 일이 되겠소. 회(會)뿐이 아니라, 회사이고 조합이고…… 우리 조선놈들이 조직한 사회는 다 그 조각이지. 이런 사회에서 무슨 일을 한단 말이오. 하려는 놈이 어리석은 놈이야. 적이 정신이 바루 박힌 놈은 피를 토하고 죽을 수밖에 없지. 그렇지 않으면 술밖에 먹을 게 도무지 없지. 나도 전자에는 무엇을 좀 해보겠다고 애도 써보았어. 그것이 모다 수포야. 내가 어리석은 놈이었지. 내가 술을 먹고 싶어 먹는 게 아니야. 요사이는 좀 낫지마는 처음 배울 때에는 마누라도 알다시피 죽을 애를 썼지. 그 먹고 난 뒤에 괴로운 것이야 겪어 본 사람이 아니면 알 수 없지, 머리가 지끈지끈 아프고 먹은 것이 다 돌아 올라오고…… 그래도 아니 먹은 것보담 나았어. 몸은 괴로와도 마음은 괴롭지 않았으니까. 그저 이 사회에서 할 것은 주정군 노릇밖에 없어…….”

“공연히 그런 말 말아요. 무슨 노릇을 못 해서 주정군 노릇을 해요! 남이라서…….”

아내는 부지불식간(不知不識間)에 흥분이 되어 열기(熱氣) 있는 눈으로 남편을 바라보고 불쑥 이런 말을 하였다. 그는 제 남편이 이 세상에서 가장 거룩한 사람이어니 한다. 따라서 어느 뉘보다 제일 잘 될 줄 믿는다. 몽롱하나마 그의 목적이 원대하고 고상한 것도 알았다. 얌전하던 그가 술을 먹게 된 것은 무슨 일이 맘대로 아니 되어 화풀이로 그러는 줄도 어렴풋이 깨달았다. 그러나 술은 노상 먹을 것이 아니다. 그러면 패가 망신하고 만다. 그러므로 하루바삐 그 화가 풀리었으면, 또다시 얌전하게 되었으면 하는 생각이 그의 머리를 떠날 때가 없었다. 그리고 그날이 꼭 올 줄 믿었다. 오늘부터는, 내일부터는…… 하건만, 남편은 어제도 술이 취하였다. 오늘도 한 모양이다. 자기의 기대는 나날이 틀려 간다. 좇아서 기대에 대한 자신도 엷어 간다. 애닯고 원(寃)한 생각이 가끔 그의 가슴을 누른다. 더구나 수척해 가는 남편의 얼굴을 볼 때에 그런 감정을 걷잡을 수 없었다. 지금 저도 모르게 흥분한 것도 또한 무리가 아니었다.

"그래도 못 알아듣네그려. 참, 사람 기막혀. 본 정신 가지고는 피를 토하고 죽든지, 물에 빠져 죽든지 하지, 하루라도 살 수가 없단 말이야. 흉장(胸腸)이 막혀서 못 산단 말이야. 에잇, 가슴 답답해."

라고 남편은 소리를 지르고 괴로와서 못 견디는 것처럼 얼굴을 찌푸리며 미친 듯이 제 가슴을 쥐어뜯는다.

"술 아니 먹는다고 흉장이 막혀요?"

남편의 하는 짓은 본 체 만 체하고 아내는 얼굴을 더욱 붉히며 부르짖었다.

그 말에 몹시 놀란 것처럼 남편은 어이없이 아내의 얼굴을 바라보더니 그 다음 순간에는 말할 수 없는 고뇌(苦惱)의 그림자가 그의 눈을 거쳐 간다.

"그르지, 내가 그르지. 너 같은 숙맥더러 그런 말을 하는 내가 그르지. 너한테 조금이라도 위로를 얻으려는 내가 그르지. 후우."

스스로 탄식한다.

"아아 답답해!"

문득 기막힌 듯이 외마디 소리를 치고는 벌떡 몸을 일으킨다. 방 문을 열고 나가려 한다.

왜 내가 그런 말을 하였던고? 아내는 불시에 후회하였다. 남편의 저고리 뒷자락을 잡으며 안타까운 소리로,

"왜 어디로 가서요? 이 밤중에 어디를 나가서요? 내가 잘못하였읍니다. 인제는 다시 그런 말을 아니 하겠읍니다……. 그러게 내일 아침에 말을 하자니까……."

"듣기 싫어, 놓아, 놓아요."
하고 남편은 아내를 떠다 밀치고 밖으로 나간다.

비틀비틀 마루 끝까지 가서는 털썩 주저앉아 구두를 신기 시작한다.

"에그, 왜 이리 하셔요? 인제 다시 그런 말을 아니한대도……."

아내는 뒤에서 구두 신으려는 남편의 팔을 잡으며 말을

하였다. 그의 손은 떨고 있었다. 그의 눈은 담박에 눈물이 쏟아질 듯하였다.

"이건 왜 이래, 저리로 가!"

배앓는 듯이 말을 하고 휙 뿌리친다. 남편의 발길이 뚜벅뚜벅 중문에 다다랐다. 어느덧 그 밖으로 사라졌다. 대문 빗장 소리가 덜컥하고 난다. 마루 끝에 떨어진 아내는 헛되이 몇 번,

"할멈! 할멈!"

하고 불렀다. 고요한 밤 공기를 울리는 구두 소리는 점점 멀어 간다. 발자취는 어느덧 골목 끝으로 사라져 버렸다. 다시금 밤은 적적히 깊어 간다.

"가버렸구먼, 가버렸어!"

그 구두 소리를 영구히 아니 잃으려는 것처럼 귀를 기울이고 있는 아내는 모든 것을 잃었다 하는 듯이 부르짖었다. 그 소리가 사라짐과 함께 자기의 마음도 사라지고, 정신도 사라진 듯하였다. 심신(心身)이 텅 비어진 듯하였다. 그의 눈은 하염없이 검은 밤 안개를 물끄러미 바라보고 있다. 그 사회란 독(毒)한 꼴을 그려 보는 것같이.

쓸쓸한 새벽 바람이 싸늘하게 가슴에 부딪친다. 그 부딪치는 서슬에 잠 못 자고 피곤한 몸이 부서질 듯이 지긋하였다.

죽은 사람에게서뿐 볼 수 있는 해쓱한 얼굴이 경련적으로 떨며 절망한 어조로 소곤거렸다.

"그 몹쓸 사회가 왜 술을 권하는고!"　　　　(1921 년)

정조와 약가(藥價)

최주부는 조그마한 D촌이 모시고 있기에는 오감할 만큼 유명한 의원이다. 읍내 김참판 댁 손부가 산후증으로 가슴이 치밀어서 금일금일 운명할 것을 단 약 세 첩에 돌린 것도 신통한 일이어니와, 더구나 조보국 댁 젊은 영감님이 속병으로 해포를 고생하여 경향의 명의는 다 불러 보았으되 그래도 효험이 안 나니까 그 숱한 돈을 들여가며 서울에 올라가 병원인가 한 데에서 여러 달포를 몸져 누워 치료를 받았으되 필경에는 앙상하게 뼈만 남아 돌아오게 된 것을 이 최주부의 약 두 제 먹고 근치가 된 것도 신기한 이야깃거리다. 이 촌에서 저 촌으로 그야말로 궁둥이 붙일 겨를도 없이 불려 다니고 심지어 서울 출입까지 항다반 있었다. 애병 어른병 속병 헌데 할 것 없이 그의 손이 닿는 대로 마치 귀신이 붙어 다니는 것처럼 신통한 효력을 내었다. 맥도 잘 짚고 침도 잘 놓고 헌데도 잘 째고 백발 백중하는 그 탕약이야 말할 것도 없지마는, 무슨 약으로 어떻게 만들었는지 그의 고약이야말로 세상에 둘도 없는 명약이었다. 나무하다가 낫에 베인 손가락, 모심기하다가 거머리한테 물리고 그대로 발이 짓물러서 썩어 들어가는 데도 그의 고약 한 장이면 씻은 듯이 나았다. 곽란을 만나 금방 수족이 차고 맥이 얼어 붙은 것도 그의 침 한 대면은 당장에 돌린다.

그 중에도 아낙네 사이에 더더욱 평판이 좋았다. 그의 빼어난 재주는 부인병 —— 더우기 젊은 부인병에 더욱 빛난다. 김참판 댁 손부에게 발휘한 것과 같이 산후증에 더욱 묘를 얻었지만 대하증 오줌소태도 영락없이 고쳐 주고, 더욱 놀란 것은 애를 배태도 못 하는 여자라도 그의 약을 한두 제만 먹으면 흔히 옥동 같은 아들을 쑥쑥 낳아 내뜨리는 일이다.

그는 금년에 간당 쉰 살이다. 쉰 살이면 우연만한 늙은이라 하겠으되 머리에 흰 털 하나 없이 검은 윤이 지르르 흐르는 듯하였다. 삶아 놓은 게딱지 같은 시뻘건 얼굴빛과 방웅빛과 같이 둥글고 큼직한 코는 언제든지 기운 좋고 혈운 좋아 보이었다.

수십 년을 두고 많은 인명을 살려 낸 공덕인지 본래 먹을 것 없던 그가 인제 와서는 볏섬이나 추수도 받게 되어 허리띠가 너부룩해져서 여간 환자는 잘 보지도 않는다. 교군을 들이대든지 읍내 인력거가 나오지 않으면 그는 좀처럼 동하지 않는다. 그러나 젊고 반주그레한 여자 환자에게만 옛날 친절이 아직도 쇠하지 않았을 뿐이다.

“망할 자식, 병을 안 보려거든 약국을 집어치우지.”

하고 그에게 거절을 당한 환자가 더러는 분개하였다.

"약국을 집어치우면 계집은 뭘로 호리누."

이렇게 빈정대는 사내도 하나씩 둘씩 늘었다. 그러나 오늘날 와서는 이 괭이 상판만한 D촌에 있어서는 그는 비단 명의일 뿐만 아니라 어엿한 지주님이요 부자이기 때문에 드러내 놓고 그를 이러니저러니 시비하는 사람은 아직 생겨나지 않았다.

여름 새벽, 부지런한 그는 일찌거니 논꼬에 물이나 마르지 않았나 하고 머슴들을 데리고 휘 한 바퀴 돌아오니깐 마당 가운데 개처럼 쭈그리고 앉은 여자의 모양을 발견하였다.

"누구야?" 그는 무망 중에 부르짖었다. 쭈그리고 앉았던 그 그림자는 깜짝 놀란 듯이 몸을 일으키어,

"저어 저 샌님, 좀 모시러 왔어요." 메인 목이 짜내는 듯이 대답하였다.

'또 왔구나!' 그는 속으로 생각하고 불쾌한 듯이 성큼성큼 걸어 사랑 겸 약방으로 쓰는 뜰아랫방으로 들어가며,

"요새 모심기에 바빠서 못 가겠는걸." 뱉는 듯이 한마디 던졌다.

그는 이런 청좟군에 진절머리가 났다. 명의를 청하러 오면서 탈것도 안 가지고 타박타박 걸어가자는 이따위 예절 모르는 축들과는 정말 말하기도 싫었다. 졸리다가 못 해가서 볼라치면 오막살이 단간방에 병자인지 뭐인지 귀신다 된 것이 끙끙 앓는 소리나 지르고 돼지 새끼처럼 발가

숭이 애들이 쇠파리 떼 모양으로 엉덩글하고, 좋은 약을 써서 고쳐 주어도 약 값은 으례 떼어먹는 법이다. 끽해야 닭마리 계란 꾸러미나 또는 담뱃줄이나 가져올 뿐이다. 이 것은 그래도 염치 있는 패지마는 어떤 작자는 십여 리씩 끌고 가서 밥 한술 대접하는 법 없이 촐촐 굶겨 보내기가 일쑤다. 한껏 대접이라야 땅이 꺼지는 한숨과 쇠오줌같이 질금거리는 눈물과 귀가 아픈 치사 인사다. 그것들은 사람 에겐 한숨과 눈물이 진수 성찬인 줄 아는 모양이다. 더구 나 오늘날은 나도 당당한 지주님이 아니냐. 제까짓 작인 따위가 이리 오너라 가거라! 건방지기도 푼수가 있지 않 느냐!

'저희들 주제에 약이 다 뭐냐. 개발에 다갈이지!'

그는 이런 청잣군을 만날 때마다 속으로 이렇게 중얼거 리고 제물에 욕지기가 났다.

오늘 식전 꼭두에 들이닥친 이 여자도 그런 따위 환잣집 사람인 것은 얼른 보고 깨달을 수 있었다.

제 방에 들어온 뒤에도 그는 불쾌한 감정을 걷잡을 수 없었다. 못 가겠다고 거절을 하거든 냉큼 돌아가 주었으면 피차에 편할 텐데, 마치 진흙탕에서 투그리는 개처럼 추근 추근하게 졸라대는 데는 더군다나 사람이 죽을 지경이다. 그 여자도 만일 가지 않거든 머슴을 불러 몰아내는 수밖에 없다고 배짱을 정해 두었다.

"샌님! 샌님! 한시가 바쁩니다. 아무리 일이 바쁘셔도 잠깐 가서 보아 주셔요."

　어느 틈에 그 여자는 사랑 밑창 앞까지 온 모양이다. 그는 문도 열어 보지 않았다.
　"글쎄 일이 바빠서 못 간다고 해도 그래."
　의원은 둘째 마디부터 화증을 낸다.
　"못 가시면 어떡합니까? 사람 하나 살리는 셈 치시고 잠깐만 가보아 주셔요."
　그 여자도 상상한 대로 끈적끈적하게 조르는 패다.
　"어떡하다니?" 하고 벌컥 성을 내려다가 그래도 체모가 그렇지 않아서 점잖은 가락으로 "그야 인명이 재천이니 내가 본다고 살고 안 본다고 죽겠소, 허허."
　의원은 딱하다는 듯이 자랑치는 듯이 헛웃음을 지었다.
　"그야 그렇지요." 청잣군은 제 말 고대로 인사성도 없이 시인하는 것이 더욱 제 자존심에 거슬렸다. "그렇지만 사람 앓는 것을 보고 어찌 약 한 첩도 아니 써봅니까?" 그 여자는 솔직하게 제 맘먹은 그대로 실토를 하면서 말 끝이 어디를 돌아가는지 모르는 모양이다. 명의고 뭐고 별다른 기대도 않고 다만 인정에 약이나 좀 써보자는 수작이다. 의원은 화증이 나다가 못해 '본 바 없는 것들이란 할 수 없어!' 하고 속으로 어이없이 웃었다.
　"약 한 첩! 그러면 병 증세를 말하오. 약을 지어 주게."
　의원은 큰 맘을 썼다. 식전 꼭두부터 졸리기도 싫고 꺼들려서 다니느니보다 거지에게 동전 한 푼 적선하는 셈 치고 약 한 첩으로 쫓아 보내는 것이 상책이라 생각한 것이다.

의원은 그제야 영창을 열었다. 아직 해는 뜨지 않았으되 여름의 아침빛은 신선하게 밝았다. 그 떼장이는 서슴지 않고 영창 한복판에 뚜렷이 얼굴을 나타내었다. 굶주림과 고역에 시달린 탓이 되어 얼굴빛은 핏기 하나 없이 백지장 모양으로 핼쑥하다. 그러나 그 반달 모양을 그린 새까만 눈썹, 그 밑에서 문 틈으로 엿보는 새벽빛 모양으로 맑고 시원한 눈, 동그스름한 앳된 입 모습은 아직도 그 나이 스물을 얼마 넘지 않은 것을 가리킨다. 청잣군은 의외로 젊고 아름다왔다. 그 여자는 슬쩍 의원을 쳐다보다가 말고 고개를 다소곳하며,

"아녜요. 병자도 샌님 한 번 뵈옵기가 소원이고 동리 사람들도 샌님께만 보이면 고칠 수가 있다고 해요. 세상 없어도 모시고 가야 돼요."

조금도 꾸밀 데 없는 말씨건만 그 목청은 어디까지 곱고 보드라운 것을 새삼스럽게 느끼었다.

최주부는 어여쁜 청잣군의 위아래를 훑어보며,

"대관절 집이 어디요?"

"왜 그 동리를 모르셔요? 예서 한 십 리 안팎밖에 안 돼요."

집을 묻는 것이 가겠다는 뜻인 줄 알고는 청잣군의 얼굴에는 기쁜 빛이 살짝 돌았다.

"십 리 안팎! 이 여름에 가깝지 않은 길인데!" 하고도 의원의 눈 가장자리는 스르르 풀리었다.

“그래 밤을 도와 왔어요. 낮에 가시자면 더우실 듯해서
요” 하고 어여쁜 여자 눈은 안심한 듯이 해죽이 웃는다.

‘너무도 생각하십니다’ 하려다가 한번 짓갈을 빼노라고
“암만 해도 너무 먼걸” 하고 의원은 입맛을 쩝쩝 다시면서
도 그의 눈길은 청잣군의 헤어진 광당포 적삼 속으로 군데
군데 드러난 흰 살 위를 헤매었다. 그 여자는 그 눈길을
느끼자 두 손으로 부끄러운 듯이 제 가슴을 여미며 의원의
눈치를 지레 짐작하고,

“약 값은 세상 없어도 해드리겠읍니다. 자배기도 한 개
남았고 농짝도 하나 있답니다. 그걸 다 팔아서라도 약 값
은 만들어 드릴께요” 하고 그 맑은 눈이 스르르 흐려지며
금방에 눈물이 걸신걸신해진다.

“원 천만에, 무슨 약 값 때문에……. 그럼 좌우간 가보
지요. 대관절 앓는 이는 누구요?”

“애 아범이지요” 하고 그 여자는 괴었던 눈물을 그예 떨
어뜨리고 말았다.

“언제부터 앓았소?”

“흉년 들던 재작년 겨울부터 시름시름 앓았답니다. 금년
봄 들고는 아주 몸져 누웠어요.”

“그것 안 되지요” 하고 의원은 눈을 크게 떠 보였다.

“여기서 그 동리를 가려면 고개를 하나 넘지요? 한 오
리 장정이나 사람의 그림자도 없지 않소?”

“그래요. 밤에 올 적에도 행여 호랑이나 만날까 보아 가
슴이 조마조마했답니다” 하고 그 여자는 어린애처럼 웃

는다.

의원은 부산하게 세수를 하고 망건을 쓰고 몇 가지 약을 주섬주섬 집어넣은 후 처음보다는 아주 딴판으로 선선히 길을 떠났다.

훤한 광명에 쫓기고 엷어지면서도 실안개는 새벽녘의 꿈길처럼 아직도 산허리와 논두렁에서 어릿어릿 존다. 파랗게 깔린 모와 뿌유스름한 논꼬 사이에 움직이는 흰 점은 새벽에 일어난 농군들이리라. 처음 눈뜬 새들이 갖은 노래를 종알거릴 제 엄매! 하고 어미 찾는 송아지 울음이 무겁게 들려 온다. 느리고도 바쁘고 조용하고도 시끄러운 농촌의 첫아침. 짚신이 푹푹 젖는 논두렁 길을 걸어온 지 한참 만에 그들은 M고개의 기슭에 다다랐다. 오른편으로 소나무와 잡목이 경성드뭇한 석산을 끼고 올라가노라면 왼편으로 그리 가풀막지지 않은 낭떠러지의 여울물이 발 아래서 소리치고, 뻐근하게 덮인 풀 사이에 실낱 같은 흰 길이 꼬불꼬불 원을 그리고 뺑뺑이를 돈다.

청잣군은 앞서고 의원님은 뒤를 따랐다.

고개를 두어 모롱이 돌았을 제 일찍 뜨는 여름 해는 어느 틈에 그 불덩이 같은 얼굴을 나타내었다. 뜨거운 볕살은 축축하고 시원한 그림자를 휘몰아 쫓으며 우거진 가지와 잎새의 푸른 바탕에 영롱한 광선을 그린다. 풀 끝에 맺힌 이슬들은 얼마 아니 하여 스러질 제 운명에 마지막 광채를 발하는 것처럼 은가루같이 번쩍인다. 짧은 밤 사이에 가까스로 몸을 식힌 길바닥은 벌써 훈훈하게 달기 시작한다.

　최주부의 눈은 아까부터 앞서 가는 이의 잔등에 땀이 배인 것을 놓치지 않았다. 땀이 여러 번 거른 그 광당포 적삼은 땀에 대한 아무런 저항력도 없는 것처럼 살에 착 달라붙었다. 처음에 접시만한 언저리가 주발만해지고 사발만해지고, 자꾸 번져 나간다. 그 둥그스름한 어깨에도 돈짝만한 살구꽃이 피었다.

　청잣군의 등에 살구꽃이 피는 모양으로 의원의 가슴에는 불꽃이 이글이글 타올랐다. 숨이 턱에 닿고 발 한 자국마다 이마에서 땀 한 방울씩 떨어졌다.

　그러나 청잣군은 제 등에 땀 밴 줄도 모르고 제 뒤에 누가 따라오는 것도 잊은 듯하여 뒤도 한 번 돌아보지 않고 두 다리가 잽싸게 놀며 종종걸음을 친다.

　"여보여보 아주먼네, 우리 좀 쉬어 갑시다."

　사람의 그림자란 얼씬도 않는 고개를 네 모롱이나 돌았을 제 뒤선 이는 숨을 헐떡거리며 부르짖었다.

　앞선 이는 그제야 잠깐 얼굴을 돌린다.

　구슬 같은 땀방울이 맺힌 발그레한 얼굴, 뒷등 모양으로 앞섶도 착 달라붙어서 뚜렷이 드러난 가슴의 윤곽, 한 옴큼에라도 쥐어질 듯한 가는 허리.

　최주부는 핑핑 내어둘리는 듯이 눈을 슴벅슴벅하다가 그대로 풀밭에 주저앉았다. 환자의 아내는 민망한 듯이, 딱한 듯이 서성서성할 뿐.

　"덥지 않아요? 이리 와 좀 쉬시우" 하고 여전히 그 붉

은 기 도는 눈을 슴벅슴벅하면서 커다란 쥘부채를 훨훨 부
치다가 갑자기 제 앉은 자리가 바로 길가요 햇살이 너무
부신 것을 깨닫자 깔았던 고의 뒤를 툭툭 털고,

"여긴 볕이 드는군" 하면서 그늘을 찾는 평계로 산기슭
풀밭으로 휘적휘적 기어올랐다. 사람 발자국이 별로 밟지
않은 풀밭은 아름다왔다. 파란 쿠션을 깔아 놓은 듯한 잔
디도 좋거니와 바위 얼굴을 덮은 담쟁이에 오불오불한 붉
은 줄기 가진 병꽃풀, 좁쌀 낟만씩한 수효도 없는 흰 꽃을
머리에 이고 기름기름하게 뻗은 대나물에 석죽화 뺨칠 어
여쁜 패랭이꽃, 이름은 사나우나마 가련한 파랑꽃의 인나,
달기 씨깨비 노란 뿌리를 내어민 백합화들! 제각기 다른
풍정으로 사람의 눈을 이끈다. 다홍에 분홍에 자주에 연두
에 희고 누르고 혹은 잘게 혹은 굵게 가지각색의 이 자연
의 비단!

최주부는 앞으로 담쟁이 얽힌 바위가 가리고 뒤로는 소
나무 숲이 삐욱하게 푸른 그늘을 던지는 아늑하고 포근포
근한 잔디밭을 필경 발견하였다.

그는 거기 펄썩 주저앉으며 기슭 아래서 망설이는 청잣
군을 불렀다.

"어 여기가 참 시원하군. 이리 와 잠깐만 쉬어 갑시다."

청잣군은 민망한 듯이 또는 난처한 듯이 얼마쯤 주저주
저하다가 필경 올라오고 말았다. 먼저 자리잡은 이는 얼른
제 옆자리를 손으로 한번 쓰다듬어 보고 뒤에 온 손님에게
앉으란 뜻을 보이었다. 그러나 환자의 아내는 그 옆으로부

터 한 간쯤 떨어져서 금방에 날아갈 듯이 쭈그리고 앉았다. 그렇다고 그 여자가 의원을 의심한다거나 못 미더워하는 기색이 털끝만큼이라도 있다는 것은 아니었다. 다만 갈 길이 바쁜데 일 분 일 초를 이러고 보내는 것이 민망한 눈치였다.

"거기가 예보담 나아요" 하고 의원은 드러내 놓고 부둥부둥 가까이 갔으되 본능적으로 몸을 흠칫할 뿐이요, 환자의 아내는 조금도 경계하는 빛이 없었다.

"웬 땀을 그렇게 흘리오? 너무 기어한 모양이구먼" 하고 의사는 물끄러미 어여쁜 청잣군을 쳐다보다가 별안간에 이런 소리를 하며 땀이나 씻어 줄 듯이 오른손을 번쩍 들다가 말고 "어디 맥이나 좀 짚어 볼까요" 하면서 이번에는 왼손으로 그 새새끼 같은 손목을 잡아당기어 제 무릎 위에 놓았다. 여자는 앞이마 머리칼이 사내의 불덩이 같은 뺨을 스치며 앞으로 잠깐 쓰러진다. 법대로 의사의 식지와 장지가 나란히 환자의 맥 위에 놓이자마자 아귀센 두 손은 가늘게 떠는 손목을 움켜 쥐었다. 그러자 여자는 별안간에 독수리에 채인 새새끼 모양으로 깜짝 놀라며 손을 빼려 할 겨를도 없이 솥뚜껑 같은 검은 두 손은 또다시 땀에 촉촉하게 젖은 여자의 젖가슴에 구렁이처럼 휘감겼다.

그 여자의 얼굴은 어디까지 맑고 깨끗하였다. 한 군데 흐린 점도 없고 홍분된 기색도 없다. 슬퍼도 않거니와 분해도 않는다. 새파란 잎 새로 새어 흐르는 햇발처럼 명랑하다. 바람기 없는 공중에 뜬 나비의 나래와 같이 조용하고 풀 끝에 맺힌 이슬 모양으로 영롱하다. 꼭 아까 모양으로 앞장을 서서 다시금 종종걸음을 칠 뿐이다.

최주부가 도리어 겸연쩍었다. '조금 더 앙탈이라도 하였더면!' 하고 혼자 웃었다. 정조 관념이란 약에 쓰려도 없고 아무한테나 몸을 맡기고도 눈꼽만한 부끄러운 마음을 모르는 것이 불쾌하였다. '이런 것들은 할 수가 없어——' 하고 속으로 제법 개탄까지 하였다. 가다가 심심하면 쫓아가서 손도 쥐어 보고 뺨도 만져 보았건만·그 여자는 그의 하는 대로 맡기고 눈썹끝 하나 움직이지 않았다. 물결치는 대로 떠나가는 부평초와 같이 걸리면 멈추고 놓이면 또 흘러 갈 뿐이다. 하늘가에 흐르는 흰 구름 모양으로 모든 것이 무심하고 심상하다.

마침내 그들은 다 쓰러져 가는 오막살이 삽짝문 앞에 섰다.

"예가 우리 집예요" 하고 하염없이 웃어 보인다.

의원은 제 지은 죄 밑천으로 머리끝이 쭈뼛쭈뼛하는 듯하며 발 들여놓기가 서먹서먹하였다. 문득 여자의 손가락이 사내의 손목에 쇠꼬챙이같이 박혔다.

"어서 들어가셔요. 우리 아범은 꼭 고쳐 주셔야 말이지 그러잖으면 큰일날 줄 아셔요."
하는 나직한 말소리가 의사의 등골에는 찬물을 끼얹는 듯하였다.

의사는 허둥지둥하는 발길로 삽짝 안에 끌려 들어섰다. 수숫대로 친 담도 반나마 쓰러졌고 집이래야 토막인데 툭

꺼져서 내려앉으려는 지붕은 몇 해를 이지 않은 듯, 명색 부엌 한 간에 거기 잇달아 ㄱ자로 방 두 간이 형용만 남았는데 황토로 발라 놓은 벽에 엉그름이 턱턱 갈라져서 더러는 떨어지고 더러는 주둥이를 쳐들고 떨어질 때를 기다린다. 대꼬챙이로 얼기설기 엮은 대에 신문지를 되는 대로 발라 놓은 명색 방 문을 열고 들어서니 매콤한 냄새가 첫째 코를 엄습한다. 그 다음엔 삿자리 깐 방 바닥과 신문지 벽에 진을 치고 있던 파리들이 윙하면서 새로 오는 사람에게로 달려든다. 또 그 다음엔 거미같이 마른 네댓 살 되는 발가숭이 계집애가 양촛자루만한 다리를 비비꼬는 듯이 쭈적쭈적거리며 "엄마!" 소리를 내자 대번에 삐죽삐죽 울기 시작한다.

　방 아랫목엔 환자가 웃통을 벗고 배 위에만 헌 누더기를 걸쳤는데 울퉁불퉁하게 드러난 뼈가 가죽 한 겹을 남겨 놓고 가까스로 얽매여 있는 듯, 이맛전만 불쑥 높고 턱 언저리는 훑은 듯이 쭉 말랐는데 만일 뚜룩뚜룩하는 큼직한 눈이 없었던들 아무라도 해골로밖에 안 보게 되었다.

　아내와 의사가 들어오는 것을 보고 상반신을 일으키려던 그 환자는 아내의 보드라운 손길에 다시 누웠다.

　"더치시면 어쩌자구."

　"고 고맙네, 그 먼 델 갔다 와서! 그래 모시고 왔지, 아이구, 저 땀 보아 개똥아, 어머니 부채 찾아 드려라" 하고 제 어린 딸에게 명령한다.

　"괜찮아요, 괜찮아요" 하며 치마꼬리로 땀을 씻고 문득 제 얼굴을 그 해골 다 된 얼굴에 문지르며 훌쩍훌쩍 운다.

"왜 울어? 인제 의원님이 오셨는데 약 먹으면 나을 텐데!" 환자 또한 목이 메인다. 뼈만 남은, 꼬치꼬치 마른 남편의 손은 아내의 흐트러진 머리칼을 쓰다듬는다.

"세상 없어도 나을 테야. 안 죽고 살아날 테야. 울지 말아요, 울지 말아요."

그들은 몇 번이나 이러고 서로 울며 위로하였던고!

"그런데 여보셔요, 내가 죄를……" 하고 아내는 더욱 느껴 운다.

웃목에 서성서성하고 있던 죄인은 그 소리에 가슴이 뜨끔하였다. 그 방울 같은 코끝에 땀이 또 한 방울 맺혔다.

"여보, 죄가 무슨 죄요. 저 샌님을 좀 앉으시게나 하오."

아내는 말대로 선뜻 일어나 웃목으로 오더니만 제 치맛자락으로 삿자리를 흠칫흠칫한다.

"이리 좀 앉으셔요" 하여 의원을 앉히고는 다시 남편에게로 왔다.

"저 샌님을 모시고 오다가, 저 샌님의 말씀을 들었어요. 집에 모시고 온대야 약 값 드릴 거리도 없고 당신의 병은 세상 없어도 고쳐야 되겠고……" 말 끝은 다시금 눈물에 흐렸다.

아까부터 바늘 방석에 앉은 것 같은 최주부는 그 말에 회오리바람이 온몸과 맘을 휩싸고 뒤흔드는 듯하였다. 금시로 저 해골바가지가 이를 뿌드득 갈고 일어서며 날카로운 칼로 제 목을 푹 찌를 것 같았다. 그러나 환자의 대답은 그야말로 천만 뜻밖이었다.

"자 자 잘했소" 한마디하고 그 새새끼 같은 팔뚝으로 아내를 제 가슴에 쓸어 안고 흑흑 느낀다.

"그것도 내 병 탓이지. 내 죄지 임자가 무슨 죄요. 아니오, 임자 죄는 아니오" 한다.

최주부는 제 눈과 귀를 믿을 수 없었다. 세상에 기괴한 일도 있고는 볼 일이다. 이왕지사 정조를 깨뜨렸거든 그 비밀일랑 제 속 깊이 감춰 둘 일이지, 그것을 샅샅이 남편에게 고해 바치는 년도 년이어니와 뻔뻔스럽게 그런 소리를 드러내 놓고 지껄이고 제 정부조차 버젓하게 데리고 온 계집을 잘했다고 위로하는 놈도 놈이 아니냐. 이윽고 두 남녀는 떨어지며 청잣군은 또 아무 일도 없었던 것처럼 또는 마땅히 할 일을 하였다는 것처럼 환한 얼굴을 의원에게로 돌렸다.

"병을 좀 보아 주세요."

의원은 두근거리는 가슴을 간신히 진정하고 정중하게 맥도 짚어 보고 병날미도 들어 보았다. 재작년 한재에 부치던 논 열 마지기가 다 타버리고 추수 마당에서 빗자루만 털게 된 뒤로 굶기를 밥먹듯 하였고 작년에는 그 논마저 떨어져서 농사도 못 짓고 품팔이로 그날그날을 지내노라니까 점점 병이 더쳐서 오늘날 이 지경에 이른 것이라 한다. 그것은 갈 데 없는 부족증이다. 기혈 부족, 원기 부족에서 생긴 병이니 의원의 양심은 초제 몇 첩 가지고는 도저히 돌릴 수 없는 병임을 알린다.

의원은 제가 가지고 온 약재를 골라서 보원탕 세 첩을 지어 주고 이 병은 매우 뿌리가 깊으니 여간 낱첩으로는 낫지 않을 터인즉 가미한 십전 대보탕 한 제는 먹어야 되겠다고, 그 약을 지으려면 약재를 가져온 것이 없으매 돌아가서 지어 보내겠다고 설명해 드렸다. 이왕 지은 허물이니 손해는 보더라도 약 한 제쯤으로 삯쳐 버리고 한시 바삐 이 괴상한 자리를 떠나려는 배짱이었다.

그러나 그렇게 풀기 없이 제 팔뚝에 쓰러졌던 그 계집은 인제 와서는 여간 아귀가 센 것이 아니다. 고쳐 주기 전에는 한 발자국도 여기서 움직이지 못한다. 한 달이고 두 달이고 얼마든지 약을 써서 그예 병뿌리를 빼야 놓아 보낼 터이다. 약재가 없으면 적어 주면 몇 차례라도 넘나 들며 가져오겠다고 악지를 쓴다. 의원은 환잣집 의견에 아니 복종할 수 없었다. 입맛을 쩍쩍 다시면서 쪽지를 적어 주고 환자의 아내는 십 리 안팎 길을 한숨에 뛰어가고 뛰어왔다.

밤이 되었다. 병자와 의사가 자는 방엔 삿자리 한 잎으로 간을 막았다.

"난 샌님을 모시고 잘까요." 아내는 서슴지도 않고 예사롭게 남편에게 묻는다.

"참 그래, 그러구려. 개똥이는 내 옆에 갖다가 눕히고 임자는 그리로 건너가구려."

남편도 제가 먼저 말할 것을 잊었다는 듯이 대찬성이다.

그 수작이 끝나기가 무섭게 아내는 실행한다. 저녁 먹던
맡에 웃방에 곯아떨어진 개똥이를 환자 방으로 갖다 눕히
고 자기는 의원의 곁에 와서 눕는다. 이번에는 의원의 몸
이 오그라 붙는 듯하였다.

그는 일부러 큰소리로,

"괴이한 일이로군. 아까는 내가 환장이 되어서 그랬지만
다시야 그럴 수가 있소? 병자를 두고 딴 방에 자다니" 하
고 제법 점잔을 빼 보았다.

"괜찮사와요, 괜찮사와요."

남편은 마치 손님에게 밥이나 권하는 듯이 아내와 같이
자기를 권한다. 아내도 남편에 지지 않게 손님의 사양은
귀곁에도 넣지 않으려 한다. 옷까지 훌훌 벗어버리고 옆에
착 달라붙어 누우며 머리맡에 놓인 손님의 부채를 찾아 들
더니 "더우시지 않으셔요?" 하면서 훨훨 부쳐 준다. 아무
리 사양을 해도 손님이 잠들기 전에는 부채질을 쉬려고도
하지 않았다.

열흘 동안이나 최주부는 정말 땀을 뺐다. 굴 속 같은 방
안, 밤마다 예사로 벗고 눕는 환자의 아내, 산나물에 좁쌀
낟을 눈에 겨우 뜨일 만큼 띄운 죽물. 감옥살이의 고통도
이토록 지긋지긋하지는 않을 듯싶었다.

다행히 환자는 약발을 잘 받았다. 약 한 첩 들어가 보지
못한 장위에는 인삼과 녹용이 그야말로 선약 같은 효험을
드러내었다. 최주부는 하루바삐 이 고통에서 벗어나려고
이해 타산도 모조리 잊어버렸다. 제 돈을 들여 닭마리도

사서 고아 먹이게 하고 나중에는 제 집 쌀까지 가져오래서 이밥을 지어 먹이도록 하였다. 환자의 회복은 하루가 다르고 한시가 달랐다. 열흘이 되매 기동도 맘대로 하게 되고 뼈만 남았던 몸에 살까지 부옇게 찌게 되었다.

　마지막 날 새벽에 잠을 깨어 보니 제 옆에 누웠던 환자의 아내가 없었다. 삿자리 한 잎 너머로 그들의 속살속살하는 이야기 소리가 들린다.

　"참 인젠 가슴도 두두룩하시구려." 아내는 남편의 가슴을 만져 보는 모양.

　"가슴뿐야, 자 이 팔을 만져 봐요. 제법 살이 올랐지. 오늘이라도 농삿일을 하겠는데, 허허."

　"안 돼요. 아직 안 돼요. 좀 조리를 더 하셔야지 또 병환이 더치시면 어떡해." 아내는 질색을 한다.

　"인제 다시는 병이 안 날 테야. 인젠 두 주먹 쥐고 벌지. 그래도 입에 들어가는 것이 없으면 도적질이라도 할 테야. 안 굶으면 병이 안 나겠지. 이번엔 꼭 죽을 줄 알았더니만 임자 덕에 살았지" 하고 잠깐 말이 끊임은 젊은 내외의 으스러지듯한 포옹이 있는 모양.

　"임자를 안고 나니 두 팔에 기운이 더 붙는 듯한데…… 신기한걸. 내일부터는 임자를 업고 다니면 기운이 나겠지."

　"나중에는 별소리를 다 하시는구려. 그래 조금도 꺼림칙하지 않으셔요?"

　"뭣이 꺼림칙하단 말이오?"

“저 남의 아주번네하고 같이 잤는데도.”

“백 날을 같이 자면 무슨 일이 있나. 내 병 땜에 임자에게 귀찮은 노릇을 겪게 한 게 애연할 뿐이지.”

“참, 그래요. 나도 그런 일을 당하면서도 조금도 부끄럽지 않았어요. 처음엔 가슴이 좀 두근거리더니만 무슨 짓을 하든지 당신 병만 낫우었으면 그뿐이라 하고 보니 맘이 그만 가라앉아요.”

“그럼 서로 위해서 하는 일이 부끄러울 것이 뭐람.”

그들의 수작은 아침에 재잘거리는 새 모양으로 흐리고 터분한 점은 도무지 없고 어디까지 명랑하고 어디까지 상냥하다.

“그래서 저 방에서 샌님을 뫼시고 자려니까 어쩐지 가슴이 뻐근하고 슬퍼요.”

그는 “나도 그래. 고마운 생각이 지나쳐 눈물이 나려고 하더구먼. 인젠 병이 나았으니까 옛말이지.”

두 내외는 또 쓸어 안는 모양. 그때에 개똥이가 자다가 무엇에 놀란 듯이 삐하고 운다.

“왜 왜!”하고 애 달래는 소리가 나더니 삿자리를 걷어치우며 조심조심 건너온다.

그날 아침에 최주부는 놓이게 되었다. 환자도 개똥이를 안고 문 밖까지 전송을 할 수 있게 되었다. 최주부는 여남은 걸음 걸어가다가 고개를 돌이키니 두 내외는 아직도 나란히 사립 문턱에 서서 자기의 가는 양을 바라보고 있었다. 때마침 그들은 떠오르는 햇발을 담뿍 안고 있었다.

의좋게 나란히 서 있는 그들의 얼굴엔 광명과 행복이 영롱하게 번쩍이는 듯하였다.

"저런 것들은 정조도 모르고 질투도 모르는 모양이지!"

최주부는 눈이 부신 듯 얼른 고개를 돌리며 혼자 중얼거렸다.　　　　　　　　　　　　　　　　　(1929년)

사립 정신병원장

생각하면 재작년 겨울 일이다. 나는 오래간만에야 고향에 돌아갔었다. 십여 호가 넘던 일가집들이 가을 바람에 나부끼는 포플라 잎보다도 더 하잘것없이 흩어진 오늘날에야 말이 고향이지 기실 쓸쓸한 타향일 따름이다. 비록 초가일망정 이십여 간이나 되는 우리 집도 다섯 간 오막살이로 찌그러 들어 성 밖 외따른 동리에 초라하게 남았고, 거기에 칠순이 가까운 아버지와 사십이 넘은 계모가 턱을 괴고 앉았을 뿐, 아들도 남부럽지 않게 많지마는 제 입 풀칠하기에 바쁜 그들은 부모님 봉양할 이는 하나도 없었던 것이다. 몇 달 만에야 한 번, 몇 해 만에야 한 번, 집안으로 기어드는 자식은 자식이 아니요 손님이다. 쌀밥 한 그릇 고기국 한 대접을 만들어 먹이기에 아버지와 어머니가 얼마나 고심하는 것을 잘 아는 나는 얼른 데밀어다 보고는 선선히 일어서는 것이 항례이었다. 그러나 내가 여기서 내 시세와 우리 집안 형편을 늘어놓자는 것은 아니다. 음산하고 참담한 내 동무 하나의 이야기를 기념삼아 적어 두자는 것이다.

아버지 집을 총총히 뛰어나온 나의 발길은 몇 아니 되는 친구가 구락부삼아 모이는 L군의 사랑으로 향하였다. 그들은 무조건으로 나를 환영해 주었다. 반가움 즐거움은 이야기의 즐거움으로 옮겨 갔다. 서울 형편 이야기, 글 이야기에 비롯하여 친구들의 가정에 일어난 에피소우드까지 우리의 화제에 올랐다.

"W군이 어째 보이지 않나? 요새도 은행에 잘 다니나?"

나는 그 사랑의 단골 축의 하나인 W군의 소식을 물어 보았다.

"이번 정리 통에 그나마 미역국을 먹었네."
하고 주인 되는 L군이 얼굴을 찌푸린다. 나는 그 말을 듣고 놀랐다. 이 W군으로 말하면 그야말로 헐길할길 없는 형편이었다. 본디 서발 막대 거칠 것 없는 가난한 집안에 태어난 그는 열 여덟 살 때에 백부에게로 출계를 하게 되었다. 양자 간 덕택으로 즉시 장가는 들 수 있었으나 사람 좋은 양부는 남의 빚봉수로 말미암아 씩씩지 않은 시골 살림이 일조에 판들고 말았다.

그는 처가에 몸을 의탁하는 수밖에 없게 되었다. 그러나 처가 또한 넉넉지 못한 행세이다. 조반 석죽도 궐할 때가 많았다. 넉넉한 처가살이도 하기 어렵다 하거든 하물며 가난한 처가살이랴. 목으로 넘어가는 밥 한 알 두 알이 바늘과 같이 그의 창자를 찔렀으리라. 이토록 고생에 부대끼면서도 그는 얼굴 한 번 찡그리는 법이 없었다.

　그는 언제든지 싱글싱글 웃었다. 그는 말 한마디를 해도 웃지 않고는 못 하는 낙천가였다. 서울에 올라와서 고학을 할 때 살을 에어 내는 듯한 겨울날, 속옷을 빨다가 손이 몹시 쓰리면 그는 벌떡 일어나 손을 쩔레쩔레 흔들며,

　"이놈의 손가락이 별안간에 왜 뻣뻣해지나."
하고는 웃었다. 밥을 짓다가 연기가 눈으로 들어가면 눈물이 그렁그렁한 눈을 비비면서도 그는 히히 하고 웃기를 잊지 않았다. 그 대신 그의 몸은 여지없이 말라 갔다. 뼈하고 가죽으로만 접한 듯한 얼굴은 바늘로 찔러도 피 한 점 날 것 같지 않았다. 가장 기쁜 듯이 웃을 때면 입가는 마치 누비를 누벼 놓은 듯이 여러 가닥 주름이 잡히었다.

　만사를 웃고 지내는 그이언만 처가살이는 견디지 못하였던지 작년 봄에 남의 협호를 얻어 자기 식구를 끌고 나왔다. 백판으로 살림을 차리고 보니 그 군색한 것이야 당자 아닌 남으론 상상도 못 할 일이 있었으리라. 있는 친구에게 쌀되를 꾸어 가면서 그날그날을 보내던 중 여러 가지로 주선한 끝에 T은행의 고원으로 채용이 되었었다. 이십오 원이란 월급이 비록 적지마는 그들의 가정에겐 생명의 줄이었다. 그런데 그 줄이나마 끊어졌으니 그는 또 무엇을 하며 지낼 것인가. 더구나 그는 벌써 열 두 살 먹은 맏딸, 여덟 살 되는 둘째 딸, 네 살 먹은 아들의 아버지가 아니냐.

　"그러면 무엇을 먹고 산단 말인가."

　나는 탄식하였다.
　"요새는 사립 정신병원 원장이 되셨지요."
하고 익살 잘 부리는 S군이 낄낄 웃었다. 온 방 안은 이 말에 떽대그르 웃었다.
　나는 웬 까닭을 몰라서 재쳐 물었다.
　"출근 오전 칠 시, 퇴근 오후 육 시, 집무 중 면회 절대 사절, 일시라도 환자의 곁은 떠나지 못할지니 변소 출입도 엄금……."
하고 S군이 북받치는 웃음을 못 참을 제 방 안에 웃음 소리는 또 한 번 높아졌다.
　S군의 설명을 들으면 W군에게 P란 친구가 있었다. 워낙 체질이 나약한 그는 어릴 적부터 병으로 자라났다. 성한 날이라고는 단지 하루가 없었다. 가난한 집 자식 같으면 땅김을 벌써 맡았으련마는 다행히 수천석군의 외동 아들로 태어난 덕택에 삼과 녹용의 힘이 그의 끊어지려는 목숨을 간신히 부지해 왔었다. 자식이 그렇게 허약하거든 장가나 들이지 않았으면 좋을 걸 재작년에 혼인을 한 뒤부터 그의 병세는 더욱더 처진 모양이었다. 금년 봄에 첫딸을 낳은 뒤론 그는 실성실성 정신에 이상이 생기고 말았다.
　미치고 보니 자연히 찾아오는 친구도 없고 부모 친척까지 그와 오래 앉아 있기를 꺼리게 되었다. 그렇다고 병자를 내어 보낼 수도 없고, 혼자 한 방에 감금해 두는 것도 또한 염려스러운 일이다. 그래 W군이 '사립 정신병원장'이 된 것이다. 날이 맞도록 미친 이의 말벗이 되고 보호병 노릇을 하는 보수로 W군은 한 달에 쌀 한 가마니, 돈 십 원씩을 받게 된 것이다.

'사립 정신병원장!' 나는 속으로 한 번 외어 보았다. 나의 가슴은 한그믐같이 캄캄해졌다.

그날 저녁에는 W군을 만났다.

"원장 영감, 이제야 퇴근하셨읍니까?"
하고 S군은 또 낄낄댄다. 방 안에 다시금 웃음이 터졌다. W군도 또한 빙그레 웃었으되 그 샛노란 얼굴엔 잠깐 검은 그림자가 지나가는 듯하였다.

"오늘은 별일없었나?"

친구들은 W군을 중심으로 둘러앉으며 L군이 물었다. 그들의 눈에는 호기심이 번쩍이었다.

"여보게, 말도 말게, 오늘은 정말 혼이 났네."
하고 W군은 역시 싱글싱글 웃는다.

"왜?"

여러 사람의 눈은 휘둥그래졌다.

"지랄이 점점 늘어가나 보네. 오늘은 문을 첩첩이 닫고 늘 하는 그 지랄을 하더니만 칼을 가지고 나를 찌르려고 덤비네."

"칼은 또 웬 칼인고."

"낮에 밤 깎으라고 내온 것을 어느새 집어넣었던가 보데."

"그래 그 칼을 빼앗았나?"

"그까짓 것 안 빼앗으면 어떨라고 설마 미친 놈이 사람

죽이겠나.”

하고 W군은 또 웃었다. 그러나 그의 몸은 웬일인지 추운 듯이 떨고 있었다.

“자네도 좀 실성실성하이그려. 미친 놈이 사람을 죽이지 성한 놈이 사람을 죽이나.”

거기 모인 친구의 하나인 K군이 그 귀공자다운 흰 얼굴이 조금 푸르러지며 이런 말을 하였다.

“성한 사람 같으면 푹 찌르지만 칼을 들고 남의 목을 겨누며 한참 지랄을 하더니 그대로 퍽 쓰러지데그려.”

“자네 오늘은 운수가 좋았네. 문을 첩첩이 잠그고 그 어둠침침한 방 안에서 정말 찔렸으면 어쩔 뻔했나.”

하고 W군은 아찔아찔한 듯이 몸서리를 친다.

“문을 왜 처잠그는가?”

나는 또 설명을 요구하였다.

“자네는 참 모를 걸세.”

하고 W군은 설명해 주었다.

P의 증세는 소위 공인증(恐人症)이란 것이었다. 천연스럽게 앉아 있다가 문득 눈을 흡뜨고 그 백지장 같은 얼굴이 파랗게 질려 가지고,

“아이구, 저놈들이 또 온다. 아이구, 저놈이 나를 잡으러 온다.”

라고 황급하게 중얼거리며 숨을 곳을 찾는 듯이 방 안을 썰썰 매다가,

“여보게, W군, 문 좀 닫아 주게.”

하고 비대발괄하는 법이었다.

그러면 W군은 하릴없이 사랑 중문을 닫고, 그들이 있는 방 문이란 방 문은 미닫이며 덧창이며 바깥문까지 모조리 닫아 걸어야 한다. 그래서 방 안이 침침해지면 개한테 쫓긴 닭 모양으로 방 한구석에 고개를 처박고 있던 미친 이는 고개를 번쩍 들고 사면을 두리번두리번 살핀다. 그러다가 별안간,

"히, 히, 히, 히"라고 마디마디 끊어진 웃음을 웃는다.

이 웃음 소리를 따라 그의 흡뜬 눈이 점점 번들번들해지자,

"이놈들아, 너희들이 나를 잡아가? 어림 반푼어치 없어. 히, 히, 히."

하면서 소리를 고래고래 지르다가 한 시각 가량 지나면 제풀에 지쳐서 그대로 쓰러지는 법이었다.

그런데 오늘도 법대로 또한 문을 다 잠그고 한참 발광을 하다가 문득 품속에서 창칼을 쑥 빼어 들더니 W군에게 달려들어 그 칼을 목에다 겨누며,

"이 죽일 놈, 네가 나 잡으러 온 것이지. 이놈, 내 칼에 죽어 보아라."

하고 소리소리 지르다가 다행히 그대로 쓰러졌다고 한다.

"자네 오늘 십년 감수는 했겠네."

하고 L군이 소리를 떨어뜨린다.

"글쎄, 원장 노릇도 못 해먹겠는걸."

하고 W군은 또 히히 웃어 보이었다.

K군의 주최로 그날 밤에 우리는 '해동관'이란 요리집에 가게 되었다. 일행이 거의 다 외투를 걸쳤건만 W군 홀로 옥양목 겹두루마기 자락을 찬 바람에 날리며 가는 다리를 꼬는 듯이 하며 걸어가는 양이 눈물겨웠다.

요리상은 벌어졌다. 셋이나 부른 기생의 기름내와 분내가 신선로 김과 한데 서리었다. 장구 소리와 가야금 가락이 서로 어우러지자 한가한고로 웅장한 단가며 멋지고 구슬픈 육자배기 단 입김과 함께 둥둥 떠돌았다.

술은 여러 차례 돌았건만 나는 조금도 취해지지를 않았다. W군의 존재가 어쩐지 나의 마음을 어둡게 하였다. 첫째로 그의 주량이 나를 놀라게 하였다. 서울에서 고학하던 시절, 학비를 넉넉히 갖다 쓰는 친구가 청요리집으로 가난한 놀이를 하려면 강권하는 것을 떨치다 못 하여 배갈 한 잔에 누른 얼굴이 홍당무로 변하며 그대로 쓰러지던 그였다. 그런데 오늘 저녁엔 비록 정종일망정 열 잔이 넘었으되 조금도 취하는 기색이 보이지 않았다. 빼빼 마른 팔뚝을 반만 걷어 요리상 위에 세운 채 기생이 따라 주는 대로 그는 꿀꺽꿀꺽 들이켜고 있었다.

"자네 웬 술을 그렇게 먹나."

마침내 나는 W군을 향해서 의아한 듯이 물었다.

"왜 나는 술도 못 먹는 줄 알았나."

하며 W군은 또 히히 웃어 보이었다.

"여보게 W군, 술이 어떤 줄 알고 그런 말을 하나. 한 동이를 가지고는 못 가도 먹고는 간다네. 식전 해장도 세

사발은 먹어야 견디네.”

S군이 도리어 내 말을 의아하게 여기는 듯이 가로채더니만,

“여보게 W군, 자네는 자네 말짝으로 그 눈알만한 잔 가지고는 턱이 아니 될 터이니 컵으로 하게.”

“그것도 좋지. 나만 그럴 것 있나, 우리 모두 컵으로 하세그려.”

컵은 들여왔다. 처음에는 먹을 듯이 모두들 W군의 말에 찬동을 하더니만 컵에 술을 붓고 보니 끔찍하던지 감히 마시려 들지 않았다. W군 홀로 세 컵을 기울이고 말았다.

“자네들도 들게그려.”

하고 한두어 번 권해 보았으나 잘들 들지 않으매 저 혼자 연거푸 다섯 잔을 들이켰다. 그는 자기의 비색한 신수와 악착한 형편을 도무지 잊은 듯하였다. 그와 반대로 모인 중에도 자기 혼자 유쾌하고 기쁜 듯하였다. 기생 하나가 장구를 메고 일어서자 앞장서서 얼신덜신 춤을 춘 이도 W군이었다. 꽉 잠긴 목으로 남 먼저 ‘에라만수’를 찾은 이도 W군이었다.

놀이는 끝장날 때가 왔다. 꽹과리 소리가 사람의 귀를 찢었다. 춤추다가 쓰러지는 사람이 하나씩 둘씩 늘게 되었다.

“인제 그만 가세그려.”

술이 덜 취한 W군이 마침내 이런 제의를 하였다. 우리는 그 말에 찬동을 하며 외투를 떼어 입었다.

그때에도 한 팔로 요리상을 짚고 몸을 가누지 못하면서도 아직 술병을 기울이고 있던 W군은 문득 보이를 불러서 신문지를 가져오라 하였다. 신문지를 받아 들자 그는 약식이며 떡 같은 것을 주섬주섬 싸기 시작하였다.

"여보게, 창피하이. 그만두게."

K군은 눈썹을 찡그리며 말리었다.

"어떤가. 내 돈 준 것 내가 가져가는데."

하고 W군은 역시 웃으며 벌벌 떠는 손으로 쌀 것을 줍기에 바쁘다.

"인제 그만 싸게, 에이 창피스러워."

하며 K군은 고개를 돌린다. 마침내 W군은 쌀 것을 다 싸가지고 송편과 약식이 삐죽삐죽 나오는 봉지를 들고 비슬비슬 일어선다.

그때 K군의 나지미라는 명옥이가 입을 삐죽거리면서 그 광경을 바라보다가,

"원장 영감 댁은 오늘밤에 큰 잔치를 하겠구먼."

하고 비우적거리었다. 그 말이 떨어지자마자 W군은 나는 듯이 명옥에게로 달려들었다.

"이년, 뭧이 어째."

라는 고함과 함께 W군의 손은 철썩하고 명옥의 뺨에 올라붙었다.

명옥은,

"애고고."

외마디 소리를 치고 쓰러지자 W군은 미워서 못 견디

겠다는 듯이,

"원장 댁 큰 잔치? 큰 잔치?"

라고 뇌이면서 발길로 엎어진 계집의 허리를 찼다. 이 야단통에 W군의 떡 싼 봉지는 방바닥에 떨어져 흩어졌다. 나는 이 싸움의 원인이요 사랑의 뭉치인 봉지를 얼른 주워서 방 한구석 장구 얹혔던 자리 위에 올려 두었다.

싸움은 벌어졌다. K군이 명옥의 역성을 들며 W군에게 덤빈 까닭이다. K군은 W군의 목덜미를 잡아 회술레 돌리다가,

"이 자식, 미친 놈하고 같이 있더니 미쳤나뵈. 왜 사람을 차며 지랄 발광을 하노."

하며 휙 뿌리치자 W군은 비슬비슬 몇 걸음 걸어 나오다가 방바닥에 얼굴을 처박고 푹 꺼꾸러졌다. 그럴 겨를도 없이 엎어진 이는 벌떡 몸을 일으켜서 곧 K군에게로 달려들었다. 우리는 황망히 그의 팔을 잡아 만류를 하였는데 그때 그의 얼굴은 지금 생각해 보아도 몸서리가 끼친다. 엎어질 때 다쳤음이리라. 악다문 이빨엔 피가 흘렀다. 그 경성드뭇한 눈썹이 올올이 일어섰으며 핏발선 눈엔 그야말로 불이 나는 듯하였고, 이마엔 마른 가죽을 뚫고 나올 듯이 푸른 힘줄이 섰다. 그러나 그것보다도 마치 납을 끓여 부은 듯한 그 얼굴, 실룩실룩하는 살점 하나하나가 떠는 듯한 그 꼴이란 더할 수 없이 무서웠다. 입에 거품을 버글버글 흘리고,

"미친 놈하고 같이 있으면 어쨌단 말이냐. 미쳤으면 어

쨌단 말이냐. 오! 너는 돈 있다고, 너는 돈 있다고.”
하고 이를 빠드득빠드득 갈아 붙이며 K군을 향해 몸부림
을 쳤다. 순한 양 같은 이 낙천가가 비록 취중일망정 사나
운 짐승같이 날뛰며 악마보다 더 지독한 표정을 할 줄이야
누가 꿈엔들 생각하였으랴.

간신히 뜯어말려서 먼저 K군을 보내고 L군과 S군과 나
는 이 W군을 진정시켜서 얼마 만에야 그 요리집 방 문을
나오려 하였다. 그때 W군은 무엇을 찾는 듯이 연해 방 안
을 살피다가 아까 내가 얹어 둔 봉지를 발견하자 그의 눈
은 이상하게 번쩍이었다. 그의 뜻을 지레 짐작한 나는 얼
른 그 봉지를 집자 그는 내 손에서 그 봉지를 빼앗듯이 받
아 가지고 방바닥에 태질을 쳤다. 그러자 그는 흩어진 음
식 위에 꺼꾸러지며 엉엉 울기 시작하였다. 그의 얼굴과
손은 약식투성이가 되고 말았다.

“복돌아, 약식 안 먹어도 산다. 복돌아, 송편 안 먹어도
산다.”

한동안 그는 제 아들 이름을 부르며 목을 놓고 울었다.

문득 울음을 뚝 그친 그는 무엇을 노리는 듯이 제 앞을
바라보더니만 나를 향하여,

“여보게, 칼로 푹 찔러 죽이는 것이 어떻겠나?”

우리는 어리둥절하며 그의 입만 바라보았다.

“아니, 그럴 일이 아니라고. 어린것을 칼로 찌를 거야
있나. 차라리 목을 눌러 죽이지. 목을 누르면 내 손아귀
밑에서 파득파득하겠지.”

"여보게, 누구를 죽인단 말인가?"

마침내 나는 물어 보았다.

"우리 복돌이를 말일세. 하나하나씩 죽이는 것보다 모두 비끄러매 놓고 불을 질러 버릴까."

나는 그 말을 듣고 전신에 소름이 끼치었다.

"흥, 내 자식 죽이면 저희들은 성할 줄 알고. 흥, 그놈들도 내 손에 좀 죽어야 될걸."

하고 별안간 그는 소리쳐 웃었다.

S군이 W군과 바로 한 이웃에 살기 때문에 우리는 그에게 취한 이를 맡기고 돌아왔었다.

그 이튿날, S군의 말을 들은즉 W군의 집에서 악머구리 떼 같은 어른과 아이의 울음이 하도 요란하기에 자다가 말고 가 보니 W군의 부인은 어떻게 맞았던지 마루에 늘어진 채 갱신도 못 하고, 아이새끼는 기둥 하나에 하나씩 바로 친친 매어 두었으며, W군은 손에 성냥을 쥔 대로 마당에 쓰러져 쿨쿨 코를 골고 있었다고 한다.

그 다음날 차로 나는 서울로 올라왔다. W군은 사립 정신병원의 사무가 바빠 나를 전송도 해주지 못하였다. 그런 일이 있은 후 다섯 달 가량 지났으리라. 나는 L군으로부터 편지를 받았다.

……군이 마침내 미치고 말았다. 그는 오늘 아침에 P군을 단도로 찔러 그 자리에 죽이고 말았네. P군의 미친 칼에 죽을 뻔하던 그는 도리어 P군을 죽이고 만 것일세.

나는 이 편지를 보고 물론 놀랐으되 어쩐지 으례 생길 참극이 마침내 실연되고 만 것 같았다.   (1926년) ✱

□ 연 보

1900년　경북 대구에서 대구 우체국장이던 현경운(玄慶運)
　　　　의 네 형제 중 막내로 태어남.

1912년　일본에 유학, 동경 세이조 중학 입학.

1915년　이순득(李順得)과 결혼.

1917년　동경 세이조 중학 졸업.

1918년　상해에서 독립 운동을 하고 있던 중형(仲兄) 정건
　　　　(鼎健)을 찾아가 호강 대학(滬江大學) 독일어 전문
　　　　부에 입학.

1919년　귀국, 육군 영관(領官)을 지낸 오촌 당숙 현보운
　　　　(玄普運)에게 입양.

1920년　단편 처녀작 〈희생화(犧牲花)〉 발표. 《조선일보》
　　　　입사.

1921년　단편 〈빈처〉 발표. 《백조(白潮)》 동인에 참가. 단
　　　　편 〈술 권(勸)하는 사회〉 발표.

1922년　중편 〈타락자(墮落者)〉, 단편 〈피아노〉 발표. 《백
　　　　조》 창간됨.

1923년　최남선 주재의 월간지 《동명》의 편집 동인. 단편
　　　　〈지새는 안개〉, 〈할머니의 죽음〉, 〈까막잡기〉 발
　　　　표.
1924년　단편 〈그립은 흘긴 눈〉, 〈운수 좋은 날〉 발표.
1925년　단편 〈불〉, 〈B사감과 러브레타〉, 〈새빨간 웃음〉
　　　　을 발표. 《동아일보》 입사, 사회부장이 됨.
1926년　단편 〈사립 정신병원장〉, 〈신문지와 철창(鐵窓)〉,
　　　　논문 〈조선과 현대 정신의 파악(把握)〉 등을 발
　　　　표.
1929년　단편 〈정조(貞操)와 약가(藥價)〉 발표.
1931년　단편 〈서투른 도적(盜賊)〉, 〈연애(戀愛)의 청산(淸
　　　　算)〉 발표.
1936년　《동아일보》 재직시 손기정 베를린 올림픽 마라톤
　　　　우승의 일장기(日章旗) 말살 사건으로 기소, 일년
　　　　간의 선고를 받고 복역.
1937년　출옥. 《동아일보》 사회부장 사임.
1938년　〈무영탑〉이 7월 19일부터 《동아일보》에 연재됨.
1939년　장편 〈적도(赤道)〉 발표.
1940년　장편 〈흑치상지(黑齒常之)〉를 《동아일보》에 연재
　　　　하다가 중단됨.
1941년　양계에 전념. 장편 《무영탑》 간행.
1943년　동대문구 제기동에서 음력 3월 21일 빈곤과 병마
　　　　로 시달리다가 사망.

B사감과 러브레터

초판 1쇄 발행 / 1976년 11월 15일
2판 1쇄 발행 / 1986년 8월 20일
2판 7쇄 발행 / 2006년 11월 10일
3판 1쇄 발행 / 2015년 12월 28일

지은이 / 현 진 건
펴낸이 / 윤 형 두
펴낸데 / 범 우 사

등록번호 / 제406-2003-000048호
등록일자 / 1966년 8월 3일
주소 / 413-120 경기도 파주시 광인사길 9-13 (문발동 525-2)
전화 / 대표 031-955-6900~4, 팩스 / 031-955-6905

ISBN 978-89-08-06032-6 04800   (인터넷)www.bumwoosa.co.kr
        978-89-08-06000-5 (세트)   (이메일) bumwoosa@chol.com

범우 사르비아문고

선배들도 범우사르비아문고로
교양을 쌓고 지식을 살찌웠습니다.
범우사르비아문고는 하루아침에 기획되고
제작된 것이 아닙니다.
15년의 세월 동안 갈고 보완하면서
청소년의 필독도서로 확고히 자리잡은
'청소년도서의 대명사' 입니다.

범우사 서울시 마포구 구수동 21-1
전화 717-2121 FAX 717-0429

범우비평판 세계문학선

범우 비평판 세계문학선이
체계화·고급화를 지향하며
새롭게 다시 태어나고
있습니다.
작가별로 고유번호를
부여하고 완벽하게 보완해
권위와 전문성을 높이고,
미려한 장정으로
정상의 자존심을
지켜나갈 것입니다.

㉑ 마가렛 미첼 21-1.2.3 **바람과 함께 사라지다(상)(중)(하)**
　　　　　　　송관식·이병규　각권 9,000원

㉒ 스탕달 22-1 **적과 흑** 김붕구 값 10,000원

㉓ B. 파스테르나크 23-1 **닥터 지바고** 오재국(전 육사교수) 값 10,000원

㉔ 마크 트웨인 24-1 **톰 소여의 모험** 김병철(중앙대 명예교수·문학박사) 값 7,000원
　　　　　　　24-2 **허클베리 핀의 모험** 김병철(중앙대 명예교수) 값 9,000원

㉕ 조지 오웰 25-1 **동물농장·1984년** 김희진(서울시립대 영문과 교수) 값 10,000원

㉖ 존 스타인벡 26-1.2 **분노의 포도(상)(하)** 전형기(한양대 영문학과 교수) 각권 7,000원
　　　　　　　26-3.4 **에덴의 동쪽(상)(하)**
　　　　　　　　　　이성호(한양대 영문학과 교수) 각권 9,000~10,000원

㉗ 우나무노 27-1 **안개** 김현창(서울대 서어 서문학과 교수) 값 6,000원

㉘ C.브론테 28-1·2 **제인에어** 배영원 각권 8,000원

㉙ 헤르만 헤세 29-1 **知와 사랑·싯다르타** 배영원 값 9,000원
　　　　　　　29-2 **데미안·크눌프·로스할데**
　　　　　　　　　　홍경호(한양대 교수·문학박사) 값 9,000원
　　　　　　　29-3 **페터 카멘친트·게르트루트** 박환덕(서울대 교수) 값 9,000원
　　　　　　　29-4 **유리알 유희** 박환덕(서울대 교수) 값 12,000원

㉚ 알베르 카뮈 30-1 **페스트·이방인** 방 곤(전 경희대 불문과 교수) 값 9,000원

㉛ 올더스 헉슬리 31-1 **멋진 신세계(외)** 이성규·허정애 값 10,000원

㉜ 기 드 모파상 32-1 **여자의 일생·단편선** 이정림(번역문학가) 값 9,000원

㉝ 투르게네프 33-1 **아버지와 아들** 이철(외대 노어과 교수) 값 9,000원
　　　　　　　33-2 **처녀지·루딘** 김학수(전 고려대 노어노문학 교수) 값 10,000원

㉞ 이미륵 34-1 **압록강은 흐른다(외)** 정규화(독문학 박사·성신여대 교수) 값 10,000원

㉟ 디어도어 드라이저 35-1 **시스터 캐리** 전형기(한양대 영문학과 교수) 값 12,000원
　　　　　　　35-2.3 **미국의 비극(상)(하)**
　　　　　　　　　　김병철(중앙대 명예교수·영문학) 각권 9,000원

㊱ 세르반떼스 36-1 **돈 끼호떼** 김현창(서울대 서어 서문학과 교수) 값 12,000원

㊲ 나쓰메 소세키 37-1 **마음·그 후** 서석연(경성대 명예교수) 값 12,000원

㊳ 플루타르코스 38-1 **플루타르크 영웅전 1**
　　　　　　　　　　김병철(중앙대 명예교수·영문학) 값 8,000원

汎友古典選

1 유토피아 T. 모어 / 황문수
2 오이디푸스王(외) 소포클레스 / 황문수
3 명상록·행복론 M. 아우렐리우스·L. 세네카 / 황문수·최현
4 깡디드 볼떼르 / 엄기용
5 군주론·전술론(외) N. B. 마키아벨리 / 이상두(외)
6 사회계약론(외) J. J. 루소 / 이태일(외)
7 죽음에 이르는 병 S. A. 키에르케고르 / 박환덕
8 천로역정 J. 버니언 / 이현주
9 소크라테스 회상 크세노폰 / 최혁순
10 길가메시 서사시 N. K. 샌더스 / 이현주
11 독일 국민에게 고함 J. G. 피히테 / 황문수
12 히페리온 F. 횔덜린 / 홍경호
13 수타니파타 김운학 옮김
14 쇼펜하우어 인생론 A. 쇼펜하우어 / 최현
15 톨스토이 참회록 L. N. 톨스토이 / 박형규
16 존 스튜어트 밀 자서전 J. S. 밀 / 배영원
17 비극의 탄생 F. W. 니체 / 곽복록
18-1 에 밀 (상) J. J. 루소 / 정봉구
18-2 에 밀 (하) J. J. 루소 / 정봉구
19 팡 세 B. 파스칼 / 최현·이정림
20-1 헤로도토스 歷史 (상) 헤로도토스 / 박광순
20-2 헤로도토스 歷史 (하) 헤로도토스 / 박광순
21 성 아우구스티누스 고백록 A. 아우구스티누스 / 김평옥
22 예술이란 무엇인가 L. N. 톨스토이 / 이철

23-1 나의 투쟁 A. 히틀러 / 서석연
23-2 나의 투쟁 A. 히틀러 / 서석연
24 論語 황병국 옮김
25 그리스·로마 희곡선 아리스토파네스(외) / 최현
26 갈리아 戰記 G. J. 카이사르 / 박광순
27 善의 연구 니시다 기타로 / 서석연
28 육도·삼략 하재철 옮김
29 국부론(상) A. 스미스 / 최호진·정해동
30 국부론(하) A. 스미스 / 최호진·정해동
31 펠로폰네소스 전쟁사 (상) 투키디데스 / 박광순
32 펠로폰네소스 전쟁사 (하) 투키디데스 / 박광순
33 孟子 차주환 옮김
34 아방강역고 정약용 / 이민수
35 서구의 몰락 ① 슈펭글러 / 박광순
36 서구의 몰락 ② 슈펭글러 / 박광순
37 서구의 몰락 ③ 슈펭글러 / 박광순
38 명심보감 장기근 옮김
39 월든 H. D. 소로 / 양병석
40 한서열전 반고 / 홍대표
41 참다운 사랑의 기술과 허튼 사랑의 질책 안드레아스 / 김영락
42 종합탈무드 마빈 토케이어(외) / 전풍자
43 백운화상어록 석찬선사 / 박문열
44 조선복식고 이여성

▶ 계속 펴냅니다

범우생활신서

1 적극적 사고방식 N. V. 피일	• 종합 탈무드 M. 토케이어
2 유태인의 성공법 M. 토케이어	• 아이아코카 자서전 L. 아이아코카(외)
3 카네기 처세술 D. 카네기	• 아이아코카의 경영전략 M. M. 고든
4 유태인의 상술 후지다 덴	• 한국이 도전해 오고 있다 하세가와 케이타로
5 코스트 다운의 법칙 C. N. 파킨슨	• 한국의 비극 고무로 나오키
6 하버드식 교섭술 R. 피셔(외)	• 하버드 비지니스의 일본 진단 P. F. 드러커(외)
7 탈무드적 처세술 M. 토케이어	• 정신의 마력 N. V. 피일
8 카네기 성공철학 D. 카네기	• 달러가 휴지되는 날 우노 마사미
9 두뇌혁명 T. R. 블랙슬리	• 興하는 경영 亡하는 경영 오귀진
10 불황을 타개하는 경영전략 G. W. 림러(외)	• 21세기에 남길 유산 시무라 가이찌로
11 일본인과 유태인 이사야 벤다산	
12 유태인식 돈의 철학 후지다 덴	
13 석유왕 폴 게티 P. 게티	
14 무엇이든 하면 된다 R. H. 슐러	
15 아랍인의 행동원리 S. 하마디	
16 유태인의 생활철학 M. 패터슨	
17 일본인을 말한다 M. 토케이어